東方魔法航路指南

豎旗海豹 著

好評推薦

精巧而華麗的文字，如浪濤一般堆疊出生動的故事。

——謝金魚，歷史小說家

華麗豐沛的敘事，饒富興味的對白，交織出如夢似幻的奇異航程。

——海德薇，奇幻作家／近作《禁獵童話Ⅲ：七法器守護者》

生動而富有畫面的故事，讓人彷彿經歷了主角在海洋世界的華麗冒險。

——1/2藝術蝦，台南畫家

言詞優美，充滿異國情調的航海奇想。

這次收到的樣書，是由「豎旗海豹」所著的《東方航路魔法指南》。確實書如其名，以架空的魔法世界中，二位醉心於海上冒險的男主角、藍鳶和威廉，所經歷的奇幻旅程為主軸。邪惡的海盜，可怕的巫師與法術對決，宏大的海洋奇觀，說來似乎常見於市面小說。但這位作者以極為優美的詞藻，雕槊出別具一格的風味。

雖然標題為東方魔法航路指南，但故事的背景卻透漏著些許地中海的文化風格。讓本人聯想到土耳其、伊斯坦堡這樣，綜合東西方文化的燦爛與浪漫。不同海港的風貌固然別具景色，但本人最喜歡的，卻是作者描寫的酒坊風情。

沒錯！真正的海員周遊異國，怎可少了醇酒的慰藉。

於是作品一開始的新十字城，有各具特色酒店、湄公河香料鋪和熱內亞假期。而後來的玳瑁港，那位思念人酒吧的「再一杯老闆」，更是將水手與酒店的文化，描寫的入骨三分。

雖然手上的樣書還未完成，但本人期待這部故事的結局，能有出人意料的細心安排。也因為欣賞其細心堆飾出的奇幻冒險世界，在這裡推薦別具風情的《東方魔法航路指南》給讀者。

本人台嶼符紋籙，致力於將台灣歷史寫成奇幻故事。

——台嶼符紋籙，《寶島歷史輕奇幻：妖襲赤血虎茅庄》作者已經很久沒讀過這麼美麗的故事了。

如果說閱讀最大的樂趣在於細細品嚐當中所帶給你的驚喜，那麼我想這次的體驗已經不是一場驚喜，而是觀賞一部電影那般震撼且深植人心。彷彿置身於史詩般那奇幻壯闊的場面，細膩文字所描繪出來的畫面是如此清晰生動，透過字裡行間所營造出來的氛圍，我感覺自己正隨著電影鏡頭的拉近拉遠，看著這五彩繽紛的世界以奇妙的姿態在我面前展演，那充滿神秘卻又隱藏著危險氣息的瑰麗景觀讓我印象深刻，而我也只能用淺白的話語來敘述我當下的感受：金黃色薄霧淡去後所呈現的是擁有古老氣息、繁華且美麗的喧鬧港口，這是我翻開序曲後腦中所播映出來的影像，隨著畫面逐步推進，我彷彿也能嗅到海風的鹹與酒吧的喧囂。

主角藍鳶雖然是名剛從魔法學院畢業的年輕魔法師，但是認真說來他其實對自己沒什麼自信，消極的性格使他認為惟有選擇沉默忍讓才能輕鬆度日。隨著一連串事件的開展，我看見了藍鳶的成長以及後來那足以面對心魔的勇氣，其實我很慶幸藍鳶身邊一直有著願意支持他、陪伴他的夥伴，不論是麥西米連、艾蜜莉、布蕾太太還是威廉，這些人都在藍鳶生命中扮演了重要的角色，尤其是蘇曼伽，總是在有意無意間帶領藍鳶一步步找回屬於自己的自信，甚至在對方即將失去自我時及時拉他一把。

故事中各個角色生動鮮明，截然不同的性格讓人多少有了些嚮往，在裡頭我其實很喜歡蘇曼伽這個角色，鬼靈精的搞怪性格使她具有一股難以抵擋的魅力，也在故事中增添了不少驚喜，讓讀者屢屢翻頁之餘總免不了期待這小姑娘又會出現什麼驚人之舉。當蘇曼伽從藍鳶那習得變身咒語時，第一次變成的動物就是一隻毛茸茸的灰藍色短毛貓，這樣相互呼應的結果讓人看了忍不住為作者的安排感到會心一笑。

另外，不得不提的一點是我最喜歡的橋段莫過於戴維斯與詩蒂爾頓相見後彼此坦誠的場景，當中所流露出來的其實不只唏噓之感，還包括那份難以言喻的哀傷。語言之所以能產生共鳴，在於那份真摯情感徹底打動了我們的心，宛如一層層卸下外在的武裝，作者巧妙運用對話與彼此逐漸拉近的距離仔細審視雙方的心，你會看見從兩人之間溜走的不只是歲月，還有那些掩埋於時光流沙中一直沒能及時理解的話語。

其實認真說起來，這部作品有好多地方讓我忍不住掩嘴而笑，不論是藍鳶與威廉之間的情誼還是喬治捎給妻子的信，都能看出作者幽默的功力不容小覷。

身為一名任性的讀者，我也只能在這裡委婉表達我那微不足道的小小訴求：如此精彩的故事要是沒有續集那就真的太可惜了！那些尚未解開的謎團就好比羽毛不斷反覆搔癢著心頭，假如這不算折磨，那麼這世上還有什麼是最折磨讀者的事呢？

——燈貓，《緋色輓歌》作者

目次

序曲

當女王閣下友善的商船伴隨艦隊由海平線下壯觀登場，這遙遠邊疆的諸島立刻變成咯咯叫的豐產母雞，孵出一個又一個港口出來。而波羅港——做為故事的起點，實乃蛋群中平凡不起眼的角落。

構成一個港口的硬體元素：經年泡水而腐朽的船塢、維納斯雕像座落巷口的廉價妓院、供水手們盡情吹噓的酒吧旅店、霉味滿溢的倉庫、亮麗的高級會館、數攤嘔吐物的街角等等，波羅港都齊備了。

保皇黨和無國界主義擁護者隔著路口宣揚並詆毀對方理論，白臉小丑四處張貼馬戲團演出訊息，勾肩搭背的水手找尋快樂一下的場所，賊頭賊腦的商人四處交換投機情報，有筆挺的軍警隊顧守的是東荳蘭貿易公司的商業據點。

紀念品店？那還要幾百年後才會從同一間工廠生產出來。

想知道波羅港的原始樣貌（如果你是人類學者或鳥類觀察家），必須走上半天到鄰近的村落尋找，它們遠離航線，保持祖先生活方式——靠山吃山，靠海吃海。至於娜莉帖姆她那同時靠山靠海的部落，可以出海的好日子自然划船幹活，不然風雨天就只能到山坡等待哪株芋頭或麵包果肥美成熟。

想獵捕山豬山羌之類的大型動物，必須祖靈與獵犬的同意，成果也往往令人搖頭。說到打獵就不能不提里亞，部落傑出的年輕獵人，一個晚上只靠自己就可以抓到三隻滿口獠牙的巨大豪豬，果然是村長的驕傲。

里亞，都是為了里亞。當海平面下的太陽剛透出三道雲隙光，娜莉帖姆就匆匆出門往波羅港走去。

按照習俗，只有最多產的女子才配得上最優秀的獵人。歲月見證，村裡有資格參與這場競爭的採珠女，只剩她和瓦娃。

三天後凌晨，她們要獨自划著獨木舟尋找富饒的海域，像魚鳥般潛入浪潮底下，尋找藏身礁石縫的珍珠牡蠣。當他們的手掌被牡蠣粗糙的雙殼割傷，刀鋒劃開韌帶剖開子宮，翻開糜爛的肉片取得孕育多年的珍珠，那就是大海的祝福。

直到太陽抵達天頂，最多產的少女將許配給最優秀的獵人——里亞。

身為女祭司的女兒，理所當然，祖靈的祝福將賜與瓦娃。因此為了里亞，娜莉帖姆非走一趟港口，在那附近聽說有高深莫測的魔法師流連。

娜莉帖姆奔過荒草小徑，峭壁上一排又一排的露珠紛紛滾落。光輝充斥眼前時，她已經到了石塊和泥土各半的大路上，路標取代模糊的方向感，指示更精確的方向。那些人在乾枯河道上建立一座沒有必要性的石頭拱橋，切割一致的花崗岩塊和工程技術再再宣示特區和周圍的部落有多大的不同。

光輝燦爛的文明地界。

正午熾熱的氣流扭曲折射率，娜莉帖姆眼中的景象更加海市蜃樓。貓狗趴在陰影下午睡，街上少有行人，老得張不開眼睛的印度人靠在牆角邊彈奏西塔琴邊吟唱陌生的語言，對著她踢了下腳邊的錫杯。

戰戰兢兢繞過轉角，眼前赫然是三十步寬的石磚大路，圍牆後是威嚴的八角碉堡。駐守軍官猩紅的軍服和黑亮的長靴彰顯不可侵犯的氣魄，加上由軍刀反射的銀光更令娜莉帖姆感到暈眩，所以她本能性地立刻掉頭鑽進小巷亂竄。

這裡的一切，不管磚造的木造的，都令她惶恐不安。該怎麼形容呢？太不自然了，呼吸這裡的空氣讓她比上岸的魚不自在。

好不容易，誤打誤撞，終於來到了大波羅樹邊的波羅酒館。波羅港的名字來自四處可見的波羅樹；憑藉滋養豐富的成分和海神的慈悲，波蘿蜜果解救了無數深受敗血症、口腔潰爛之苦的海上長途旅客。酒吧就靠在最繁茂的大波羅樹旁，綠色手掌不停招攬著路人加入狂飲行列。

就像世界上所有的酒吧，玻璃窗上的沙垢從上世紀就沒擦過，儘管外頭已經炎熱的不得了，還能再輻射出百倍的焦躁分子。

觀望幾分鐘之後，娜莉帖姆深深一個吸氣，步進酒吧。

繞過手臂上有二十個刺青的壯碩船長（他正對陌生人吹噓他如何從海蛇滿植毒牙的血盆大口救出無辜水手，以及贏得三條美人魚芳心後的故事），娜莉帖姆直直來到吧檯。

「魔法師在哪裡？」海水洗鍊過的剛毅線條與強調重音的腔調掩飾了她緊繃的神經。

酒保鮑伯擦杯子的動作沒有停止，他利用眼角判斷娜莉帖姆的背景：那部落的男人會用珍珠交換一箱又一箱的民生物資，特別是啤酒。

順著鮑伯肘尖所比的方向，娜莉帖姆正要走向角落，又被叫住，「首先，魔法師會說：『終於等到你了。』」酒保刻意壓低嗓音，「然後，他的規矩是：一杯啤酒。」

「要多少？」

「你有準備珍珠來付帳嗎？」眼看娜莉帖姆低頭不語，鮑伯連忙笑著改口：「三里拉。」

娜莉帖姆從藤編囊袋掏出三枚銅幣後，拿著泡沫啤酒走向熠熠生輝的角落：唯一有陽光穿透窗邊的座位。

靠近桌緣，她感到好像有清風吹過，心情格外輕鬆。

魔法師此時趴在桌上休息，整個人罩在披風內。披風花色是由墨綠、草綠、碧綠三種綠色交錯而成的格紋作為基底，詳細點觀察，還有銀絲繡的阿拉伯式棕梠葉紋，並四五朵金線繡成的山茶花點綴其中。

「終於等到妳了。」魔法師掀開披風，親切的笑著。他有日耳曼人的深邃五官和燙金色的飄逸長髮，如果不是蠟白的膚色，左眼下的赭色小痣並沒特別顯眼。

他看了看她帶來的規矩，喃喃念著「之前是藍姆酒滯銷……」

「我想……」正對他琉璃珠似的青色瞳孔，娜莉帖姆覺得自己的心思已經被一覽無遺了。

「別緊張，先坐下吧。」他一手托著臉頰，一手在桌上攤開塊寶藍色呢絨布，「先聊聊吧，妳的名字是什麼呢？我是弗爾丹特・格林。」弗爾丹特點頭，髮絲像風鈴晃動著。

「娜莉帖姆。」她吞口水。

「真是美麗的巧遇，娜莉帖姆。」他在絨布上灑上第一層粉末，「發生什麼困難了？」

「我是個海女，我會潛水收集海中的魚蝦貝類。」

「嗯，的確是海水的味道。」他灑了第二種粉末，這次看起來是尋常的鹽。

「三天後，我要下水採珍珠。」她緊抓下擺，「需要很多很多的珍珠，一定要贏過另一個人。」娜莉帖姆忽然抬頭直視弗爾丹特，眼中就要跳出花星，「你有辦法嗎？」

女孩的堅持令魔法師出乎意料。他在粉末上比畫，溫和的繼續問著：「海洋裡有什麼友善的動物朋友呢？」

「海豚，偶爾牠們會成群出現，在水中跟我跳舞。」她笑著，情緒變得比較緩和，「海豚們希望我幫忙去掉貝類的殼，遇到牠們會少很多收穫呢。」

於是他在粉末上畫了海豚，覆蓋上乾燥樹葉後，澈底混合。

「那麼，做為代價，我要取走一顆珍珠。」

「一顆珍珠？」娜莉帖姆鬆了口氣，她以為交易會讓人付出靈魂還是壽命之類的恐怖代價。

「對，不是眼中的珍珠、心中的珍珠或靈魂的珍珠之類的，就是三天後妳採集到珍珠，我要從中挑走一顆。」

「沒問題。」

太輕易的條件，反而使娜莉帖姆半信半疑。但弗爾丹特並沒放心上，他只顧把粉末小心包起，搭配陌生的音節賦予魔力。

「好了，不要讓任何人碰觸，」他把包裹遞給她，仔細交代注意事項，像個耐心的好醫生，「選好獵場後灑到海中，那些牡蠣就會迫不及待把珍珠吐出來給妳了。」他給了她一個自信的笑容，作為咒語的休止符。

❋ ❋ ❋

雲相，做為出海的指標並不理想，若是決鬥的佈景倒非常適合。

清晨的第一道曙光始終深埋在肥厚雲塊裡，那些積雨雲像穿喪服的胖女人從遠方吃力攀爬而來，間歇吼出三四聲驚雷；雄渾有力的長浪推上海岸線，海鳥紛紛靠岸，十足是熱帶暴風的前兆，連男人都不願出港了。

「是祖靈來見證勝負了，」年長女祭語調鏗鏘有力，掌管村裡吉凶多年的經驗使她確信女兒將獲得榮耀，「去吧，在你們之中，唯有蒙福的，能自混濁中尋得大海的恩賜。」

祭司家族終於要結合酋長譜系，先祖的靈魂紛紛從石棺中跳出，在巫家屋頂整夜歡欣鼓舞。

但老人們總是低估愛情的力量。

鬥志高昂的兩人異向划開，分別下錨在熟悉的淺海區域。確認遠得令岸上的人看不見後，娜莉帖姆打開藏在懷裡的小包裹，粉末飄逸風中的瞬間耳邊好像出現一聲尖銳的海豚音。但沒時間確認這是不是幻覺，當下正是分秒必爭。娜莉帖姆吸足了氣，「保佑我。」向祖靈祈禱後，她縱身躍入海水中。

由樹葉、斷枝、生物殘骸、泥沙和會纏人的海帶構成的灰濛海流取代了平日斑斕的珊瑚礁景象，看來氣旋不喜歡太平盛世。不利的環境和加速的行動讓娜莉帖姆更頻繁地換氣。照道理，心中的節拍應該要跟著急促緊張，事實卻正好相反，隨著水面上成人指頭大的雨點落下，娜莉帖姆的動作堪比最精純的魚鳥，心情轉為從容不迫。

那悠閒的空氣彷彿就是弗爾丹特親臨現場，披風上寬鬆長袖隨風擺動間，萬物已經完成定位。魔法師施法的畫面在娜莉帖姆腦海中重新放映，腕部以上藏在披風裡，只雙手來去比劃像優雅舞蹈，小動作的那類。而在某些重音和拍點，手勢疊合視野的瞬間，娜莉帖姆往前一撈，隨即指間傳來刺痛，那是珍珠牡蠣用粗糙的外殼所做的最後抵抗。

時間分秒流逝，小船上擺了十幾具剖開子宮的牡蠣。娜莉帖姆收起短匕首，十一顆，袋裡的珍珠總共十一顆。還不夠，瓦娃最高紀錄就是這個數目，她必須超越。

體力瀕臨透支的娜莉帖姆再度進入水中，毫無意識龐大的暴風雲已經來到上空，黯淡的天色更加緊縮能見度。正當霧中的娜莉帖姆掙扎在放棄邊緣時，隱約不確定地，腳邊閃過一瞥青色瑩光。光芒閃滅，背後是一枚飽滿的珍珠牡蠣。

終於，第十二顆珍珠倉促登場，落入袋中。

風暴也同時來臨，娜莉帖姆急忙收錨划槳，轉眼獨木舟已遭巨浪撞翻，娜莉帖姆分不清方向也只能奮力亂游。沒料到這暴風這麼激烈，娜莉帖姆緊握小藤袋，一心只想回到岸上，對里亞展現戰果。

混亂中，波濤逐漸隱沒娜莉帖姆的身影。這時候，耳邊又響起陣陣海豚音，由遠而近穿風破浪。這次她認出了，不是幻聽，是那些海豚朋友們。及時趕來的海洋哺乳類們接力賽式用光滑溫暖的表皮把娜莉帖姆頂出水面，乘著風吼用短弧線行進，把她死拖活拉推上岸。

潮間最後的衝刺後，娜莉帖姆筋疲力竭的倒在里亞懷裡。

「傻瓜娜莉帖姆，怎沒快點回來，」健壯的里亞快速奔向附近的工寮，該死的海水讓她不停顫抖，「老女巫看天氣不對，馬上派出家中男人抓回瓦娃，只有妳繼續比賽。」

「你看，是珍珠。」高傲的獵人對情人炫耀戰績。

「噢，」他緊擁娜莉帖姆，「我已是妳的獵物。」

＊　＊　＊

「聽起來是個好結局。」弗爾丹特吹開酒花，節制的啜飲幾嘴，「今天的濕度特別容易酒醉。」

為了躲避暴風，酒吧顯得擁擠，也更語無倫次。身上二十個刺青的船長眉飛色舞誇耀女人島上的香艷十夜，卻不斷用第三人稱敘述那陽剛威猛的唯一男主角。另一桌主張美人魚絕不是儒艮的強烈體味水手，美好想像連同黑麥酒吐了一地後，開始討論儒艮和白鵝的觸感非常接近。

不宜出航的日子，他們都醉了。意識迷離的舊酒館，除了弗爾丹特和娜莉帖姆之外，腦袋清晰的只有酒保鮑伯，當然啦，他得不停收錢。

「這是當天所有的收穫。」

娜莉帖姆攤開寶藍色呢絨布，灑完粉末後，她用這塊布小心包裹珍珠以避免磨傷。一見那些圓滾滾的小珠子，弗爾丹特慵懶的身段立刻消失無蹤，他嚴肅又感情豐沛的趴在桌上凝視七彩光暈後的模糊鏡影。

「歸來吧往昔，莫留戀彼岸花。」弗爾丹特輕吁一口氣，吹起十二個珠子不規則擾動，像個成型中的小星系，渾沌的軌跡漸漸各就各位轉為同心旋轉。當太陽進入圓心位置停止繞行瞬間，酒館似乎暗了下來，那時海中閃過的奇特青瑩光再度併射。

在所有人了解發生什麼事情前，弗爾丹特手一收，世紀魔術師般把怪異的光芒和珍珠通通藏進掌心。下秒鐘，室內恢復喧囂氣氛，只有娜莉帖姆驚奇得不及反應，「魔法也無法拯救……」隔壁桌茫茫睡著的老左派囈語。

「好神奇。」她開始畏懼他的力量。

「不，」他恢復夢幻的神情退還剩餘的珍珠，彷彿春日微風有益無害，「海神只捨得讓最優秀的海女打開藏寶箱。」

「我必須出發了，否則天黑無法前走回村子。」

儘管娜莉帖姆對魔法師還有濃厚的好奇心。

「等等，」大波羅樹忽然甩下整把樹葉打在窗上，弗爾丹特雙唇緊閉，娜莉帖姆耳後傳來他清晰的細語，「跟鮑伯買一桶啤酒扛走，十分鐘後再出發，假裝不是來找我。」

「我了解你的明白了，可是為什麼……」

還沒來得及問清楚他的動機，弗爾丹特袖子輕擺，「咻」的一聲她像道氣流悄然穿透人潮去到吧檯的空位上。接著一聲槍響擊破玻璃窗，室內酒客們紛紛躲進桌底，也有的立刻彈起身體揮舞拳頭，刺青船長不動聲色眼角拼命掃視四周。

騷動中，弗爾丹特化作綠色閃光躍現門外，朝右邊的巷子快速溜走，最敏捷又帶豹紋的埃及貓都沒他輕盈了。背後則後四五個神祕客緊追不捨，他們全身包裹黑色披風，一寸都沒曝露。

連環圖快速換頁，娜莉帖姆哪裡記得臨走前的叮嚀，跟著跑出看熱鬧去。一踏出門口，大波羅樹再次刷下大片樹葉蓋住娜莉帖姆。

「唉呀，」娜莉帖姆急忙撥開視線，左右漆黑一片，狹小又充斥濕冷霉味。「這是哪裡？」等瞳孔適應環境，橡木桶在兩旁整齊堆積，似乎是地下酒窖。

她怎麼來到這裡的？

「才剛交代不要追來，怎麼就追出來？說不定會牽扯些麻煩呢。」循著聲線往上方找去，弗爾丹特就坐在最接近天花板的桶子上，地表的光源曖曖通過他背後狹窄的通風口。由他的語氣聽起來，她的反應完全在弗爾丹特意料之中。

「對不起……」她低頭緊咬下唇。

「沒辦法了，先躲一下吧，等他們追誘餌追得夠遠了，我再……」

「消掉我的記憶？」娜莉帖姆眼露不安和哀求，換來他的笑聲。

「不是拿靈魂交易，就是消除記憶，妳從哪裡聽來這些老套的情節？」弗爾丹特故意誇張做出猙獰表情，發出禿鷹的叫聲，「我還會把妳拆開吃掉，接著用妳的油脂製作蠟燭呢！」

「噢，我真是太失禮了。」

「先休息一下吧，」他躺下身體，同時隱匿氣息又要分神操縱遠方的逃跑誘餌令他疲倦不堪。「晚點再送妳回去，節省時間也保護安全。」

如果是之前的話，他早把那些人吹到天邊去了，根本不需要這麼大費周章。之前的話……

雖然滿腹疑惑，娜莉帖姆也只能找個稍微乾淨的角落托腮坐下，安靜的可以聽見水珠「滴答」聲。儘管不發一語，她的好奇心依然變成無數的小針頭，散布在這空氣超不流通的酒窖裡。

「好吧，有什麼話想問的就說吧。」

「真的嗎？」

「算我屈服了。」

「那我想聽故事，你的故事。」

「先聲明，無聊得很，『逃跑專家弗爾丹特的平凡人生』可沒有光榮事蹟之類的章節。」他頭靠著木桶，看著虛弱的光芒，像個小劇台由渺小的塵沙擔任演員不斷飛舞，「關於那些早不復存在的往事……」

第零話

首先，還是容許我來一段老人碎念式的開場白吧，關於新十字的二三事。

新十字，顯然是首任總督為了紀念家鄉而命名，也是西荳蘭群島最大的港鎮兼行政中心。也因此，市鎮輝煌的部分遠不是群島上任一個據點可以比擬，仰望歌德尖塔時總不禁令人再三讚美女王。至於不那麼輝煌的區域，嗯……天下的烏鴉一般黑。

儘管初訪的訪客難免懷疑這大城是否永無止盡延伸，但體現理性精神，建造新十字的藍圖自然井井有條且有始有終。由第一街開始，空氣因揮發的高級香水而顯得甜美，瓜果繁花齊開；而後芳香分子呈現梯度下降，走到第十街就是聚集各種掩鼻氣味的碼頭了。

氣派恢弘的總督府、綴以令人屏息的彩色玻璃窗的總教堂、歌劇院、荳蘭群島聯合公司分區總部、官方招待會館與私人高級俱樂部、還有最高議會和警備總部等行政機構都在第一街上。花崗岩的黑曜結晶在陽光下閃耀，彷彿連你行走的地面也灑滿碎鑽石。牆面更展現真功夫了，有浮雕、塔樓、拱璧、各種難以想像的華美窗戶；所有的空間都被充分利用，豪不誇張地說，連馬路鑲邊石都刻有黃道十二宮花紋。

第二街總算寧靜許多，不論是高牆封閉的樸素修道院，或是銀史密斯學院開闊的綠地，安靜如畫，只有定時響起的鐘樓停醒人們時間流逝。延續靜謐的氣氛，第三街的別墅群只有舉辦徹夜派對時稍稍熱鬧點。一般民眾熟悉的地方從第四街開始，有裝潢俗麗的餐廳旅館與各種繽紛的商店，內中展售地方特產和遠渡重洋的舶來品，批貨零售兩相宜。投機商人總愛漫步這一區，左右擺動他們靈敏的狗鼻子。

第五街則是市民舞台了，傳教士大聲疾呼末日懺悔，互相叫囂的兩群少年總不如潑婦罵街和殺價時的狠勁，但討論八卦時則刻意壓低得剛好讓腳邊走過雞鴨行列聽個清楚，「達達」馬車吆喝中正要開始卸貨，花腔女高音已經從三樓陽台悠揚唱起「薇莉亞之歌」（雖然有點時空錯置，附近居民不怎麼通曉德語，特別是帶有濃厚義大利腔的那種）。

再怎麼藝術，不分早晚的強迫聆聽就算折磨了，左右鄰居紛紛用力扯上窗子。由於三樓的女高音，和一樓「湄公河香料鋪」的辛辣氣味皆屬強烈存在，我們可以理解：為什麼人們總忘記二樓的年輕學生究竟是學什麼去了……

第一話

平穩的日子就像棉花糖，一個不留神就融化了。

噩夢中驚醒後，他腦海浮現這種想法。

由於茶梗旋轉兩圈半後沉沒杯底，藍鳶認為今早即使晴朗，恐怕不宜出門了。沒辦法，除了小女孩也會的簡單占卜，其餘深奧的預測他都不擅長。從這點來說，他確實辜負了布蕾太太的教導與期許。

有沒有可能因為心中有煩惱，而把所有的細節解釋為凶兆呢？唔，或許吧……根據家鄉的迷信，他現在這個年齡特別容易遇上倒楣事。不論如何，他很滿足到目前為止的寧靜生活，希望所有的麻煩都不要自己貼上來。

藍鳶把舊茶葉丟進盆栽，順手整理鼠尾草剛抽出的淡紫色花序，又替珊瑚鳳梨灑點水。陽光照在葉表霜蠟上，整屋跟著泛著銀白光芒。

狹長的單人公寓，除了這兩株生物做為主題擺設，另外在書櫃不起眼角落擺著透明玻璃瓶，裝滿各色不同半徑的玻璃珠子，那是房間主人的收藏品。

坐回窗邊書桌，藍鳶隨手翻閱週報。

國際頭條：馬尼拉北方的水稻產地斐哥濟瑪，發生工廠爆炸意外，上噸的魔法粉末散逸風中。當地商會會長為了保證農產品安全無虞，使用當地食材招待記者和貿易商，卻當眾變成一隻大蠑螈。

只要塞滿指甲縫就有作用的粉末，他們生產這麼多做什麼？

市民八卦：天文奇景八星連珠即將來臨，屆時空氣中瀰漫星際能量，是否引起世界末日？

預言家專欄：「來自異邦的風，拂過牧羊人一夜好夢」，古老預言，將由三位星座大師共同解密。

又來了，空氣中還瀰漫著空氣分子，怎麼沒有引起世界末日？至於預言這檔事，實現之前都是某人的白日夢罷了。

藍鳶放下報紙、伸個懶腰。刻意佯裝的悠閒還是掩飾不了煩惱。

今天的結業式過後，再也沒理由賴著不回家了。他想像即將到來的工作：文書翻譯、口譯、會計、換算一百種度量衡、成本毛利甚至殺價等等，左看右看，一點都不適合他。

不如把證書裱起來掛牆上，開個人工作室，靠著平時口碑，零星接委託度日吧；反正家族人手充裕，不缺他一個。他打量房間——狹窄宛若一大排火柴盒中的一格小抽屜，想著究竟桌椅櫥櫃該怎麼擺，才方便接待客人之類的種種煩惱。

他隨手在報紙空白處寫著：

委託項目

協尋失蹤物品／寵物

一帆風順的秘法

船首像的祝福儀式

破解暗語與密碼：這封信／他們到底在講什麼

運勢占卜……

雖然關於未來種種，他的靈思向來貧乏，如果只使用大阿爾卡那的國王皇后之類的花牌應該勉強可以應付，不要出現數字就好。

至於降靈會之類的，過於民俗的取向不符合他的學院派背景，排除在考慮選項之外。

隨後，他站起來回踱步。唉，一切只是逃避現實的空想罷了。

「叩叩！」貼著後巷的窗戶被人敲響，是麥西米連。沒等藍鳶走過去，訪客已經擅自推開玻璃窗，先遞過用黑色套子包起的梨形物品，又接過一個用棕梠葉編成的方盒子，最後伸進長手長腳從窗台跳進來。

「日安，小朋友。」因深棕色眉毛緊臨雙眼，麥西米連看起來總是瞇著眼，搭配嘴角常駐的笑意和臉上的雀斑，麥西米連整體視覺效果感覺比實際歲數年輕太多了。跟他同齡的人，深棕的髮色由於光澤退去，大多已成了泥褐色。

就是下大雨時，會濺到行人褲裙上引發一陣咒罵的那種泥巴色。

「今天真是特別的日子，不過還是一件一件來吧。」

他先從藍鳶手上拿回方盒，以免藍鳶像個專提東西的小幫傭，剛好那張黑梨木螺鈿方桌上什麼也沒放，就擺在梅花圖案上頭。

那張桌子可說是這屋子裡唯一稱得上精緻的物件了，表面拋光拋的烏亮，用貝殼精磨出的珍珠母先沿邊鑲出白框，中央再嵌入幾枝疏梅圖案，宛若油膜折射出的七彩虹光讓花朵更明豔動人，栩栩如真。反正那遠在北陸的寒冷花朵，誰也沒真正見過。

剩下的家具大多粗糙老舊，像是佔據最多空間的書櫥，木質纖維早七翹八翹，一不小心扎傷手指，還以為是惹到架上珊瑚鳳梨的鋸齒葉尖。

「錢永遠是首要難題，這袋先還你。」他拿出一袋沉甸甸的錢囊。

藍鳶打開，裡頭銀光閃閃讓他頭暈目眩，「這是？」

「原來你不知道啊？」麥西米連露出惋惜的表情。「你的慷慨朋友幫你代墊的錢呀。」

「什麼錢……我什麼時候有了連我自己都不知道的欠款嗎？」藍鳶語氣更顯得困惑。他覺得只要周遭的朋友有心，就可以拐騙自己莫名其妙做一輩子的白工。

「哈哈，沒什麼。」

麥西米連伸手就要拿回錢袋，卻被藍鳶握在手裡。

「噢，別鬧了，馬份。」

麥西米連在為數不多的熟人間有幾個簡稱，其中藍鳶發現叫他馬份最能讓他收斂輕浮的態度。

「好吧好吧，認真地說，我前陣子檢查老爹留下來的帳，發現他當初把琴賣你的錢，連成本的五分之一都不到，只是成本而以喔還沒算工錢。還有好幾筆交易都這樣，害我只好厚著臉皮到處跟人討錢。這真的是極度艱難的苦差事，還好我們這種買賣沒有簽合約，我只要跟客人解釋老爹已經老糊塗了，多少還能追回一些錢。他們一定也發現了當初老爹給的價格低得不合常理。但無論如何，這還是極度難為情。

跟其他人伸手要錢已經夠不好意思了，何況還是對你呢？正當我拿著帳單，在樓下為此徘徊猶豫怎麼上樓對你開口，你那個警備隊的朋友剛好經過，什麼名字去了？」

「是威廉。」他補充。

「沒錯，是這個名字了，」麥西米連拍手，「那位熱心的警官問我有什麼困難，我就老實解釋了。畢竟有點金額，我們一致認為你無法立刻承擔，於是他就幫你先墊了。」

「天吶，他沒跟我提過。」

「題外話，警備隊的怎麼穿紅色軍服？他也沒戴警備隊的布雷帽。」麥西米連岔開話題，來減少自己的尷尬感。

「他原本就是軍官，好像還是什麼隊長之類的。因為來我們學院進修才暫時轉調警備隊，課後就巡守治安這樣。」

「了解。後來我又翻閱老爹日記對照，上面說你曾經使用什麼精力湯讓他連續一週不睡覺，趕工完成弦樂團的承包案，作為感謝就半賣半送了你那把魯特琴。

為這件事情，我被艾蜜莉罵慘了，她一開始就反對這種不體面的行徑，你可不要跟她再抱怨喔。」

「原來是這樣，沒事就算了，不用放心上。」

藍鳶安心地把錢收進上鎖的櫃子，等清點金額後再還威廉。他不太確定這種情況下，自己算不算欠了筆人情。

「哈哈，就知道你最不計較了。我已經重新調音，應該沒有雜音了。」

「感謝你，對了，」藍鳶從櫃中取出一個玲瓏的音樂盒，大鍵琴造型的金屬外殼有些鏽蝕，琺瑯質的琴鍵依然光可鑑人，「我對工藝實在沒辦法，可以幫我修嗎？」

「雖然也是樂器，但我……」麥西米連為難地端詳這特別的委託。

「拜託了，馬份，這東西很重要。」

見他雙手合十，萬分誠懇的神情，麥西米連再怎麼鐵石心腸也無法拒絕，何況他本來就是個心軟的人。

「好吧，我儘量修，」還是忍不住抱怨幾句，「最近是怎麼了，大家東西壞了就往我這邊丟，連你們院長前天也派人送來腐朽到不行的老時鐘，他家街口明明就有鐘錶行。」

「你手藝精湛，總能修復時間帶來的損耗。」

「也稍微尊重我琴師身分吧，算了不談這。」麥西米連注意力轉移到他的禮物上，他打開蓋子捧出塊布料，混合了丹彤、橘黃、暗紅、芒果黃等同色系的顏色，呈現雪晶交錯的類迷彩圖案，空中抖兩下展開後，是一件斗篷。「群島第一設計師艾蜜莉親製，祝你畢業愉快。」

「噢！」藍鳶意外驚呼，「你們人真是太好太好了。」

他穿上斗篷，艾蜜莉刻意把尺寸放大，以免讓他看起來像隻瘦弱的小雞。不過他忽然想起前天麥西米連身上好像也穿了件類似的款式。

「她說這批料質好紋路又特別，索性自己留著，照著雜誌上的最新流行先試作了一件，感覺還不賴才又裁了這件。」

是了，麥西米連那件還有一排金色流蘇，完全符合他的美學風格。

「還是你也想要金色流蘇或雕花銅釦？」

「這樣就很好了，我是認真的。」藍鳶還在受寵若驚的情緒中。「其實你們不必這麼麻煩的……」

「敦親睦鄰囉。」雖然他從未參加里民大會，「我該回去工作了，客人不會主動上門，除非我主動迎上前。」

麥西米連小心收起音樂盒，這意味他不能再翻越窗台。想到要經樓梯下去，等於要穿越「湄公河香料鋪」，天花板掛滿了各種辣椒、彩椒、大蒜洋蔥、黃薑還有香草葉，地板則按辣味光譜堆滿一袋又一袋咖哩粉，櫥架上的瓶罐更有五顏六色的調味品：肉桂、荳蔻、孜然粉、迷迭香、胡椒、魚露、椰漿、芥末等等，這些氣味形成一層一層的膜替來往行人裹上辛香味。

不論誰路過這專屬鼻子的博物館，過度刺激的嗅覺迴路永遠壓倒所有感官，占領腦海空間淪為食慾的俘虜。

見鄰居掐鼻子皺眉頭，藍鳶不慌不忙拿出茶勺，從茶壺挑出一片茶葉。

「春茶最富香味，」他讓麥西米連含住茶葉，「進門再吐掉，什麼味道也不留下。」

「怪不得你家空氣特別清新，我得好好考慮學習魔法的可行性。」

他邊含糊不清說著邊緩緩推門，優雅下樓。

好事到此結束。

藍鳶打開琴套正想試音，樓上的花腔女高音搶先放聲，「雙唇緊閉，琴聲暗遞。」女士很快進入情境，不知是想起那位入幕之賓。

本日不宜奏樂。

坐回椅子不到兩則新聞的時間，樓梯又傳來穩健有力的行動派步伐，威廉來了。他俐落開門走進，直挺挺來到藍鳶身旁，沒有坐下。

藍鳶睇了眼從他口袋露出的信封頭。約莫是復職的文件吧，怪不得這麼活力。

「真是的，一大早就在《風流寡婦》。」看來威廉不太欣賞這齣歌劇，「嘿，你不喜歡的冗長典禮結束了，我們來去拿證書吧！」

麻煩就是這樣開始的。

❋　❋　❋

銀史密斯學院遍植艷紫荊，它們生長茂盛，每株主幹都需兩人以上方能合抱。

本來此種植物按照自然週期，開花有時，不開花有時，但由於院長強大意志的支配，銀史密斯學院的艷紫荊一年四季都享盛開的特權。

比方畢業的時節，花朵綻放比起平日更為燦爛，恣意渲染的紫紅好像連空氣也開始燃燒。主角過於搶眼，路上的行人們常常遺忘腳邊還有夾道綿延的紅丁香。

「這幾天悶悶不樂，煩惱什麼？」威廉不經意開啟話題。

「就是之前提過的，本來我要註冊的應該是商學院，」藍鳶瞧了眼正要經過的商學院，如果不是某大人物的兒子臨時插班，現在他也能像那些進出的人們隨身攜帶敏銳的眼神，彷彿腦內無時無刻在盤算些什麼。「接下來無法隱瞞了吧……」

最初，他根本沒有打算成為魔法師，什麼秘術魔法之類的，完全是意外。若非家裡奧援，他可無法在外悠閒這麼久，但現在難以交代了。

藍鳶還記得初次來到魔法學院辦公室的場景：他茫然坐在椅子上，專注於研究怎樣才能讓腳底勾到地面；校方行政人員則戰戰兢兢，低頭站在副院長面前。

「這是你們的行政疏忽，我方完全沒必要承擔！」副院長邊冷笑，邊拉抬音量，「何況這孩子，根本不適合這裡！」

幸好他後來通過考驗，避免了可能發生的衝突。

「你會說幾種語言了？」

「三四種。」

「這樣就夠啦，或者你還可以對客戶催眠還是下咒之類的。」威廉開朗笑著，「商人的職責本來就是在蠱惑人心。」

他發出壓抑過的笑聲，「我如果這樣做，商行一定會信譽掃地。」

「那有沒有考慮過出海呢？很多船主都在招攬隨隊魔法師，尤其是精通氣候掌握之術的巫師，畢竟大海變幻莫測，再經驗老到的航海士也有闖入暴風或無風帶的時候。」

發現藍鳶臉色一沉，威廉接著問，「難道你會暈船嗎？」

「不是這個問題。」他搖頭，「我……我怕遇上海盜。」

「你不是普通人啊。」威廉大笑。

「他們也不是。」

正在閒聊間，迎面走來兩名最優秀的畢業生，他們都長髮及肩。橘黃波浪的是克萊兒，上揚的嘴角總透漏一種具侵犯性的驕傲，優秀的人多少會有的傾向。至於肯，銀絲般柔順的長髮習慣側分後梳，他的話就像他嘴唇，比紙還短薄些。

茶梗總共旋轉兩圈半，代表壞事有兩件半，和相處不睦的同學碰面算半件。

「唷，」克萊兒高亢的聲調永遠能挑起聽者的神經不悅，「沒了我，就不是永遠的第三名了，這樣講法正不正確呢？伊莉絲？對不起，我總是記不起你的名字，如果你不介意。」

聽聞克萊兒刻意使用不標準的腔調與綽號來輕蔑地叫喚朋友，威廉收斂神情，穆肅的向前踏出一步。

「女士，容我提醒您淑女禮儀，如果妳的家庭教師與雙親常常忘記的話。」

藍鳶低頭，手肘暗頂威廉，不願意消磨時間在他們身上。

「老是延遲進度的旁聽生，你有沒有考慮過如果換個姓，你已經被變成青蛙幾次了呢？」克萊兒眼角掃過威廉，「反正你有優秀的朋友將你變回來，不是嗎？」又是個激怒人的上揚調。

威廉用力的瞪了瞪肯。他遠遠站在後頭時而扮鬼臉時而攤手，表示與他無關，無人能控制克萊兒。

「打個賭如何，」威廉眉頭一挑，「比方說，賭離妳被綁在火柱上的日子還差幾天，聽起來不賴吧？」

「如果是賭你哪天會澈底返祖變成潑猴，倒是今天就辦得到，立刻！」

克萊兒緊盯威廉，捲曲的頭髮像海蛇女妖頓時飛舞。看來書卷畢業的榮耀令她信心高漲，再也無所顧忌；眼見克萊兒是來真的打算對一般人下咒，藍鳶難得打破沉默，擋在威廉之前。

「克萊兒，妳這段咒語的發音似乎有小錯誤，讓我盡一份心力為妳矯正吧。」他單手插腰，依然維持微笑，但毫無溫度。

「就憑你這隻三腳貓？」克萊兒先脹紅臉，顯然藍鳶的對抗態勢大大出乎意料，隨後放聲大笑。「我得讚賞你這得來不易的勇氣，然後讓你領略什麼叫做真正的灰頭土臉！」

劍拔弩張的時刻，肯以圓舞曲的姿態滑進場，旋轉間輕快拉離克萊兒。

「克萊兒克萊兒，妳怎麼還在這兒，速速回家換衣裳，還有派對正等著我們呢。」

危機解除。表面上，忍受對方怪脾氣的總是肯。

而如果那時代也流行同學會，藍鳶就是那永遠的缺席者。與這些優秀同儕的私下來往，似乎僅限於「永不說『完了』社團」。顧名思義，社團宗旨在促進成員積極解決問題的正面心態，常把完蛋掛嘴上的人要整星期把惡魔果實——榴槤戴在頭上。

事後回想，說是社團，似乎更接近惡趣味的競爭，想看他洋相而針對他消極個性與口頭禪特別設計。

「漂亮的反擊與威壓，」威廉比出大拇指，「希望你也能為自己勇敢。」

「能避開衝突就好了，人們不該互相傷害……」他小聲解釋。

「不，我們非是刻意傷害他人，」威廉斬釘截鐵地指正，「我們是在捍衛尊嚴與爭取榮譽。」

威廉信奉的美德令藍鳶苦笑。他感到非常難以使威廉理解對某些人而言，惟有沉默才能輕鬆度日。

「快拿證書吧，總覺得還會發生不祥的事情。」

話語甫落，闊步走來一隻阿富汗獵犬；牠雄赳赳氣昂昂，身上皮毛像鍍金似亮的發光，尖挺的鼻子吁出高傲的空氣，微微蜷曲的長髮幾乎就是牠主人頭上那頂假髮的複製品。

阿富汗獵犬直挺挺停在威廉面前，就這麼多了，和牠玩握手遊戲簡直是汙辱貴族的行為。

緊接走過來的是更了不起的大人物，寬廣的身材和浮誇大立領增添無匹氣勢，油亮亮的馬頭手杖在他手上也有了教皇權杖的威嚴，至於睥睨的神情，噢，當然非要睥睨的神情不可，因為他，可是我們打從心底敬仰的德雷克總督。

藍鳶退至路邊，深深鞠躬屏息不敢妄動。

「典禮上怎麼沒看見你？」既然遇到了就順便問起，儘管總督壓根不在意。

「忘了它吧，父親，只是個儀式。」

何況，典禮也沒安排旁聽生的座位。

「嗯哼，確實。女皇撤銷了幾張特許令，導致我和雷克斯近來忙的不可開交。唉，派得上用場的人手永遠不夠。」

「別擔心，我隨時可以上場。假期太長，手腳都要生鏽了。」

「我沒有勉強你的意思，不過看到你這麼有精神，我想是沒問題了。」總督視線一直停留威廉身上，竟忘了叫後面的平民起身。「堪用的魔法師找到沒？總要高傲與作用成正比才好。瞧院長那老頭今天竟然只跟我說了三句話，連我這總督都要羨慕院長的派頭了。」

「有的，就在我身旁。」威連用力拍了拍藍鳶肩膀，令他全身寒毛直豎，頭壓的更低。「荷米斯，布蕾太太看重的得意門生。」

威廉又自做主張了。

「喔……」總督開始打量躲在威廉背後的小鹿。

臉色比教堂燒剩的蠟燭還蒼白，鐵青的靜脈隱隱浮現，眉毛像兩抹晨間雲彩輕掃，柔順伏貼的黑髮，烏黑中帶有點紫，配合削弱的身材，整體說來就是個沒個性、沒威脅、沒存在感的無害生靈。唯一勝過他兒子的只有身長了，不過一根細竹竿能有什麼神氣呢？

「那你得學幾句，」總督左掌包住右拳，以滑稽的姿態彎腰並模仿華南方言說出：「女王萬歲，大人饒命。」

威廉雖然聽不懂，但他察覺到藍鳶上額附近的筋脈輕輕跳動，那是往常他在忍受同學們冷嘲閒語時的表情。

「父親，少個戲謔總比少個朋友好。」

「我得承認，東方人在忍讓這方面的美德確實卓越，但在勇氣這方面……」總督拍肩，當成對兒子的勉勵，「總之，尊重你的決定，去忙了。」

阿富汗獵犬再度大步邁開，而總督始終沒正眼看過藍鳶一眼，就像忽略雜草叢裡的藿香薊般理所當然。

「威廉，你應該先問過我。」藍鳶式的抱怨不使用否定句也不用反詰句，平靜無波。

「本來想找個時機問的，」他聳肩，「相信我，這是突發狀況。」

「噢……好吧。」

藍鳶相信不管威廉用哪種型式詢問，他都難有拒絕的空間。

「顧問性質，簡單的工作。你知道的，許多敗德的魔法師現在都加入了海賊一夥，維護航道安全變得更為棘手。」

「我現在知道了。除了海盜，還有敗德的魔法師。」

到底應付海盜與應付帳單哪個比較棘手，這問題值得藍鳶優柔寡斷一個禮拜，或者更久，但現在他只能無奈接受前者。他總在毫無概念的情境下進入尷尬局面；當一個人的生命長河充斥意外，自然會學會鬆開掌舵的手。

忍耐，忍耐！忍耐不也是種美德嗎？

腦袋轉彎，經營高層人脈，聽起來似是個讓他躲在外面的好藉口，藍鳶等不及要提筆向老家解釋自己無法回商行工作的原因。

典禮甫結束，老師們已經通通閃去酒吧慶祝，只有布蕾太太額外對行政人員交代了四本卷軸，要和證書一齊拿給藍鳶。

迅速完結離校手續，兩人很有默契的決定再巡禮一回空盪的教室。安寧的氛圍適合燃起記憶火花，光塵微粒由灰燼堆中飛揚，靜悄悄的旋轉舞動。

「沒想到你來之後，雖然也只有一年不到，我才發現其實我滿多話的。」

藍鳶如往昔坐在後排角落，兩指輕敲桌面，滿心感懷望著講台。在那段漫長又無聊的歲月中，隔壁的座位永遠空著，所以當另一個更格格不入的傢伙初次走進教室簡短自我介紹後，自然而然由講台走向同一張桌子。

「是你太被動了，我的朋友沒幾個像你忍氣吞聲。」

昔日怯懦的小動物今天竟然選擇反擊，這使威廉感到愉悅。這證實了他的信念果然正確無誤，人生就是要不斷奮鬥，挑戰命運。

「噢，」他微笑，又緬懷了幾回，「走吧。」

湄公河香料鋪旁的樓梯口前，最後一個麻煩終於現身。

花腔女高音站在那兒，就是要等待藍鳶。她栗色的頭髮終年高盤，今日的髮飾有紫羅蘭色蕾絲髮帶、金銀絲蝴蝶一對、盛開的豔紅薔薇花輔以暗紅漿果，上半年度的主題是五月柱，下半年則是聖誕樹。不論誰看了這頂上奇景，都擔心女士又瘦又長的雞脖子會承受不住。

女士優雅轉身朝威廉行禮，「德雷克先生，請代我向總督問安。」腮紅使得她顴骨更形突出，這和略顯福態的身材並無衝突，聲樂家都需要共鳴腔。

「當然。」威廉淡淡回應。

「荷米斯，你一定要解決這個問題，這附近只有你有能力解決這恐怖的東西。」女高音高昂的頻率穿透到來往行人耳朵裡。

「是什麼事件呢？」

女士左右掃過一遍，小心翼翼說著：「鬧鬼了，」她在胸口畫十字，「不只一次，每當演出結束，疲憊歸來的深夜路上，我親眼目睹有個紅衣小孩跑來跑去，還不時跑到背後拉我裙擺，接著憑空消失在濃霧中。」

「原來如此，」藍鳶轉動眼珠，若有所思。

「魔法師一定有方法可以對付不願安息的鬼魂，難道孤身一人就理當接受這不幸的情節？多麼哀戚呀，我的命運！」

女士豐沛的情感又憶起她的顛簸人生路，不禁拿出手帕頻頻拭淚。

「沒問題的。」藍鳶拿出一顆小陶珠，親切放在女高音掌心。「帶著幸運符，凡出門三天前開始保持安靜，鬼魂就不會再騷擾您了。」

「啊，荷米斯，你真是天使下凡拯救我們這些不幸的羔羊。我確實要上樓覆誦明晚的歌詞了。」

女士習慣性邊拉嗓邊上樓，走到沒幾步想起手上的陶珠，嘎然收音。

接著是麥西米連抱著一包牛皮紙袋用側肩頂開店門，緊緊握住藍鳶。

「啊，荷米斯，你真是天使下凡拯救我們這些不幸的羔羊。我終於可以耳根清淨地工作了。」

艾蜜莉今早做了這些核桃派，但她忘記我對肉桂過敏，所以艾蜜莉的愛心鹹派就麻煩你了。」

說完一溜煙回到店裡，門還沒關緊就傳來陣陣噴嚏聲。

「所以，真的有鬼魂出沒嗎？你怎麼解決？」

「咦？我有說要解決嗎？」他聳聳肩。

「到底有沒有鬧鬼？別故弄玄虛。」

「打個賭如何？晚上來走一趟就知道囉。」

藍鳶決定從今天開始練習故弄玄虛的說話方式，希望有朝一日換自己把別人耍得團團轉。

第二話

相對白晝的炙熱難耐，沁涼的夜晚表現了熱帶另種極端的個性。隨著夜色逐漸深沉，水氣凝結成薄霧在街道上擴散。

在這夫妻熱吵和小孩哭鬧終於沉睡之刻，暈開的街燈像掛在半空的眼球，不懷好意直直盯著行人，依稀蟲鳴是它們的祕密耳語。

無聲注視下，緩緩走來挺拔的人影。泥土地面吸收了長靴鞋跟的撞擊聲，威廉也靜悄悄進入第五街。他過份剛硬像刺蝟或豪豬翹起的頭髮，此時吸滿水氣凝結成露珠。

除了翻尋廚餘的小貓與追趕在後的小狗，水溶溶的景色中，什麼都沒有。

當威廉認為一無所獲，牆角發出「叩」的一聲，某人的高跟鞋因擦撞而敲響了一塊磚石。他循著聲源，水氣裡驀然似有一隻長角隱入黑暗小巷，只留下淡淡鐵鏽味和馬蹄腳印。

納悶間，另一隻耳朵又間斷聽見小孩啜泣——抓準前菜後的餘韻，女高音的案例緊接現身。剎那，比棉花糖扎實的濃霧淹沒視線，意圖混淆威廉的方向和距離感。

可惜，覆蓋裸身美人的最後一件衣物卻是廉價內褲。在威廉意識到眼前不過是拙劣的掩飾，立刻得以視而不見這些煙霧（初階課程程度）。而遠遠蹲在地上披著紅斗篷的小男孩根本不是在哭泣，他不過是燃燒符咒來打造這懸疑場景。

裝神弄鬼，搞什麼玩意？

威廉快步向前，就要抓起小鬼頭嚴加斥責一頓，忽然眼前一暗，似乎被布袋蒙住。他本能握緊把手準備出刀，背後的人竟然也熟悉他的反應，出手按住劍鞘。

「噓，是我。」藍鳶壓低音量，鬆開披風把威廉放出。

小朋友感覺到騷動，靈敏轉頭往兩人方向瞥去；什麼都沒有。藍鳶反過來成為濃霧主人，操縱街上白煙，完美隱蔽自身行蹤。

「你早就知道了？」威廉手抱胸前，點著腳尖。

藍鳶微笑點頭，指向旁邊不起眼的巷弄。於是兩人大方的從小朋友面前走去，又小心繞過轉角站哨的把風者，一路來到白天沒什麼人影、靜悄悄的防火巷。

那崎嶇小街現在可熱鬧的不得了，不只蝙蝠，走私者也扛著黑貨不停穿梭辦起深夜派對，人們由後門出入，交頭接耳確認通關密語後低聲議價。比起大街的喧囂，下城區的凌晨黑市極自制又效率。

「到了，就是這麼回事。」

「原來如此。」身為秩序維護者，威廉不禁皺起眉頭。

「算了吧，」察覺威廉劍眉挑動，藍鳶趕緊抓住躁動的手臂，以防威廉衝出去取締違法市民，「你已經交接了，不是嗎？這不屬於你的工作啦。」

威廉看他一眼，他知道藍鳶氾濫的憐憫又發作。

「放著不管，總有一天會出事情。」他無奈嘆氣，調頭假裝沒看到。縱容讓他不像自己。

「唯有軌道，避免翻車。」

「啊，今天委屈你的正義了，真不好意思……」藍鳶追上他的腳步。

「不過，用馬車運貨也太嫌誇張了。這些人真的知道什麼是低調嗎？」

「咦，哪裡有馬車？」藍鳶四處張望。「我沒有看到呀。」

「我有聽到馬蹄『答答』聲。」

「有嗎？」他疑惑抓著頭，屏息傾聽，「會不會是水滴到石階的聲響。」

「可能是我聽錯了吧。」威廉隨口敷衍。

反正都要無視了，沒必要計較細節。

✵ ✵ ✵

驚聲尖叫劃開早晨序幕。

圍觀群眾在好奇心和恐懼兩端衡量出安全半徑繞成圓圈，圓的中心是具屍體，一具駭人的屍體。

潰瘍在可憐的搬運工身上鑿出無數的大孔，體液、血液和膽汁的混合物如蜂蜜般從暗紅花朵黏稠流出，扭曲的肢體、插入眼窩的手指，當死神的得意作品映入腦海，連旁觀者都感到強烈的苦痛。

根據第一發現者的說法：年輕搬運工不知道從哪裡吼叫著衝出來，接著像狂犬病發的野狗瘋狂亂跳亂甩，最後原地朝上跳到有三樓高度，摔死自己了。

旭日東昇，帶動氣流，蓄勁的腥臭味瞬間爆發，彷彿有人拿腐敗兩週的貓屍直接抹在臉上。忍受不住的人紛紛跑到路邊嘔吐，蒼蠅蚊蟲之類的也紛紛現身，趕赴盛宴。

平衡倒向恐懼，圍觀半徑又明顯拉大許多。

「這東西怎麼出現的？」

「神呀，請寬恕這變態殺人魔。」

「瘟疫，是瘟疫！」

「太不吉利了，馬上燒掉他！」

「應該要用木樁刺穿心臟，埋在十字路口底下。」

「笨蛋，又不是吸血鬼。」

話沒說完，「蹦蹦蹦」三聲槍響，悲慘的屍骸上又多了銀彈射出的彈孔。

「先灑石灰消毒啊，別讓病媒傳開。」

群眾七嘴八舌，就像提議要替貓兒掛上鈴鐺的老鼠們，總沒一個人敢接近，唯一的處理方式是乾瞪眼。

氣氛正在僵持，急急奔來的馬蹄壓過人群躁動。駕馭馬車的僕役是個印度青年，闊額方臉；由於主人非常慈善，傑森整潔的打扮竟也顯得體面，某些程度說來，品味比起城內其他布爾橋亞們的俗麗光艷取向好上太多。

馬車停妥，車門開啟瞬間，濃郁的玫瑰香壓過反胃的惡臭。

傑森攙扶下，女主人從容緩慢走出車廂。女士的身材（禮貌性說法：略顯豐腴）搭配層層皺褶和蕾絲的鵝黃色套裝，像極了朵盛開的玫瑰花，「黃金陣雨」品系。

女士稍微調整她葡萄酒色的海狸皮帽，側面那束鴕鳥毛歪了。帽上的裝飾總可以讓旁人忘記她的雙下巴。

民眾眼見是大人物親臨現場，自動把路讓開。女士不危不懼靠近圓心，一手頻頻拭淚，一手闔上死者雙眼。

「太殘忍了，竟然對無辜的人施展如此邪惡的咒術。」

關鍵字還沒在空氣中消逝，氛圍抖變，再遲鈍的人都可以感受到來自千里外海面的惡意眼神。

女士依然鎮定，從帽上撚一撮羽絨毛，半空緩緩飄下的羽絨在接觸屍體瞬間，「嘶」的一聲先冒出灰黑煙霧。黑霧獸性低吼，宛若鬼魂張牙舞爪撲向女士，羽絨再化作熊熊金色烈焰，澈底燒滅詛咒。

「嗳，願靈魂在天堂安息。」

女士低首禱告，亡者也在烈火中回歸沙塵。

「好了，死神跟禿鷹還在空中徘徊呢！想被厄運盯上的倒楣鬼就繼續湊熱鬧吧！」

女士雙手插腰，危言恫嚇，恐懼徹底壓垮好奇心，人潮一哄而散。跑不掉的房子和店鋪紛紛緊閉大門、拉上窗簾和百葉窗，轉眼街道影跡單薄，只剩一名哀悽的同鄉青年。

「孩子，」女士走向可憐兮兮的年輕工人，掌心按在他寫滿惶恐的臉上，呢喃祝福的咒語，「沒事了沒事了，不用害怕。」

「我們一起從村莊出發，坐船來這裡找工作餬口的，怎麼會這樣……」年輕工人掩面抽搐，「昨天還好好的，我會不會也這樣死掉……」

「沒事沒事，」女士和藹拍著他肩膀，傑森則遞來陶罐和零錢袋，「帶著朋友回家吧。」

場面收拾完畢，女士正要坐回馬車，另一個人影匆忙推門下樓。

「還有個小朋友。」

藍鳶先鞠躬敬禮，「怎麼是老師來了？」

「荷米斯，你都看到了，怎麼沒早點來幫忙。」

「我以為是單純的傳染病……」藍鳶侷促的紅了臉頰。「所以想說，不要湊熱鬧比較安全。」

「不怪你，這是個高深的詛咒，」布蕾太太輕嘆口氣，「剛剛離去的人，眼神也都半信半疑。有時候，學問反令人有口難言呀。」

「所以，這究竟是？」

「魔法造成的瘟疫。只要消除詛咒本體，凡人眼中的細菌就會跟著消失。」

「幸好已經被老師淨化了。」他鬆口氣。

「噢，得了，還有得忙呢！」布蕾太太揉揉太陽穴，苦惱萬分，「只用十盒糕點交換這事件，真是太便宜總督那老油條了。」

「老師的意思，剛剛被消除的只是……」

「只是一個標點符號，更惱人的是，那隻鵝毛筆還繼續衍生該罰的褻瀆字句。」她拿出一份名單，「孩子，幫我召集你優秀的同學還有前輩們。我們恐怕有大麻煩了。」

「是的，但要在哪裡集合呢？」

「第二街上的聖方濟會修道院，那邊的大廳才足以收容病患。」

女士坐回舒適的沙發椅，打開精美的鐵盒，隨後瀰漫出脆酥的焦糖香，「如果他們想推辭，就說我傳話：『可能有危險，怕拖累別人而不來也沒關係。』嫌麻煩如克萊兒，就要後悔平常不謙遜點了。」

❋ ❋ ❋

沒隔太久，新十字城裡剛畢業，與接了幾年委託案的年輕法師已經齊聚修道院。

「留在城裡的只有這些人呀……」布蕾太太清點人數，差強人意。「吾人務求竭力攔阻亞開龍河畔的旅客，使親友倖免於冥神哈德斯的統治。」

幾乎同一個時間，哀嚎不斷在城裡此起彼落，忍受不住痛苦之火紋身而跳樓、跳河、撞牆、自焚的病患都緊急送來集中安置。

宛若古老中世紀的瘟疫陰影籠罩，有辦法搭船逃離的人不多留一秒，聞訊的船隊不再入港，全城陷入死寂。家家戶戶緊鎖門窗並塗上羔羊的血液以求避禍，人人攜帶兔子腳，殺菌法也同時大大流行，人們盡可能把所有的器具丟入滾水中消毒。

小禱告室成為副院長的臨時研究室，當布蕾太太待在裡頭時，清亮威嚴的詠唱和轟隆爆炸不絕於耳。但女士並無太多空檔研究破咒之道，病患不斷送入修道院，她必須一一檢視狀況，才能決定使用哪些文法骨架來壓抑病灶。兩旁的年輕助手則勤快筆記，好接手建構和維持的工作。

一旦病情發作到死亡之舞的最後階段，誰也無法壓制病人迷亂狂衝，幸好還有值得再次讚揚的修士們，他們毫不介意純淨的雙手沾染血汗，像工蜂辛勤打裡並且固定患者。

唱詩班輪流上台，用空靈的聖歌滌淨灼燒的靈魂，金爐的白煙帶著滿滿的禱告緩緩昇天。為了防止死神蟄伏陰暗角落，包含橫排燭架、壁凹的燭台還有懸吊空中的大型枝狀燭台，所有蠟燭都燃起，深夜也燈火通明。

混亂中已不知經過幾天了。

是夜，迫近凌晨時分，薄霧滲過門縫在大廳瀰漫開來，答答馬蹄在四周急馳迴盪，忽遠忽近。

查覺那澈骨死氣，打盹小寐的人紛紛驚醒，在門口圍出警戒線。

「有東西接近。」

「是什麼？」

「感覺是惡靈呀。」

助手們不安的交頭接耳，吞著口水緊張盯著大門。

短暫寧靜。

凶馬嘶嘶怒吼，前足氣勢踹開大門，冷風瞬間吹熄大半燭火。

那是匹魁梧的白色駿馬，披掛骷髏圖案的玄鐵色轡頭，口裡吐著硫磺、煙霧和火焰，使得大廳溫度驟降。整副盔甲底下的騎士，好像連臉孔也是虛無，騎士揮舞手上奇特的長弓，唰唰破風，那弧線竟然比刀刃還銳利。

地獄騎士環顧全場，每個人都打哆嗦邊後退。那濃重到不行的邪惡氣息，立即讓現場眾人陷入危機。

「勃拉克，瘟疫的名字！」

後室傳來響徹災雲的獅吼，隨後跳出一隻焰光奪目的金獅，全身鬃毛都燃燒赤焰，背上還插著對燃燒的翅膀。

真名被喚出，地獄騎士把他空洞的雙眼瞄準金獅。雙雄對峙了一會兒，由騎士搶先動手，抓出距離拉動弓刀，朝著金獅全身要害一連射出七發快箭。

只見獅子怒吼一聲，火翅霎時閃成六翼，分別檔下六箭，獅口又迅雷之姿噙下一箭，轉眼間七箭盡毀於火光。

接著換獅子出擊，利爪瘋狂撲向騎士，一擊未中後跳開繞圈，趁馬步尚未回穩又是數回合利爪狂襲。雖然爪牙沒有刺穿敵人，凡獅身劃過的部位卻呼應光明本體，燃起點點火苗，騎士幾乎要被自身竄出的火芽吞噬了。

騎士卻毫無痛感，抓住秒瞬破綻揮出利刃，格檔的六翼接連折斷。雙方戰至白熱之際，旭日穿破雲層，遭陽光照射的地獄騎士隨即燒成灰燼。

光芒浸沐中，獅子弓起身軀，化回布蕾太太，地面還殘留數根焦黑的的鴕鳥斷羽。

滿懷欽佩的助理們七嘴八舌圍上去。化身術作為能力指標，改變外表扮成另一個人恰是魔法師和江湖郎中的分水嶺，雖然兩者都會拖著黑行李箱四處推銷萬靈藥。變成其他脊椎動物需要天賦幫忙，昆蟲和植物已經是大師層次，更別提化身成為暴雨颶風等自然現象的史詩境界了。

除了結果，變形過程也是門藝術。像布蕾太太那樣全程皆保持一派輕鬆，簡直和調整帽簷角度沒兩樣，堪稱出神入化。

「澈底消滅詛咒了嗎？」

「不愧是布蕾老師，好強大的化身術！」

「那病人什麼時候可以復原？」

「這就是院長等級的實力嗎，太可觀……」

「布蕾老師遲遲未得到『百拉岡』稱號實在太不合理了！」

「停，停。」女士搖手制止，「讓我先休息一會兒，你們也一起過來。」

一行人聚集到布蕾太太的臨時研究室，裡面不知幾時已經搬來張單人沙發。布蕾太太躺下，助理傑森立刻推出一車溫呼呼的熱可可和澄黃脆酥的烤蛋塔。

「大家也稍微休息吧。」

休息中，遠遠一隻綠色蝴蝶優雅飛來，又飛近些，原來是銀史密斯學院那些旺盛豔紫荊樹上的羊蹄狀葉片。

蝴蝶落腳布蕾太太手心上，「喔喔，原來……」女士低聲呢喃，好像在與人交談。

等女士元氣稍稍回復，終於揭開謎底。

「這個文本，分成兩個結構：散播和破壞。在病患身上的詛咒，經過時間醞釀轉變成招喚咒文，在日出前兩小時從冥府打開大門；地獄騎士的目標在消滅受詛咒者，就是我們可憐的市民們。讓我們祈禱騎士出奔的時間不要有倒楣蟲在路上閒晃。

在地獄騎士肆虐同時，從本體誕生的紅妖精，則到處散播病媒，不斷增加新的受害者。目前的麻煩，就在那不知道藏在城裡哪個角落的源頭。但如果能依循紅妖精的腳步，或許能得到些線索。」

「老師，」克萊兒昂首挺身而出，「讓我來找出本體吧。」

「危險吶，追蹤紅妖精的路上極有可能遇見破壞者。」女士揉揉太陽穴，「我又得坐鎮修道院，唔……讓我再想想辦法吧。」

解釋研究成果完畢，布蕾太太回禱告室繼續煩惱，其他人則返回各自照顧區。

藍鳶正要檢視治癒的文法，肯卻跑來勾肩搭背，黑眼圈和大眼袋在他白皙臉上特別明顯。

「嘿，荷米斯，你知道嗎，就你還沒輪班休息。」

「沒關係，我還撐得住……」

「但你不眠不休，克萊兒就跟著不眠不休，我也要不眠不休，」肯雙手合十，「拜託，看在我們三人份上，回家洗澡睡個好覺吧！」

❋ ❋ ❋

不得不承認肯的建議確實出自肺腑，特別當藍鳶一回到家裡就昏睡整天。

明明陽光燦爛溫度宜人，城內每個屋頂都前所未有的安詳，他還想泡壺茶邊查閱典籍，只為了從窗邊一朵雲找尋靈感而躺在床上，下秒就遁入夢鄉。醒來已經是另一片晨曦。

夢中，向晚，他又走在故鄉曲折的羊腸小徑，櫛比鱗次，一個轉角一戶人家，竹籠裡的鳥兒不停啁啾。沿青石階高昇，路上有個推車販賣碳酸汽水的老先生，他喜歡橘色條紋玻璃杯裝著柳橙色的橘子口味糖水。之後就可以到達穆家後院角門。聞！矮牆之後傳來那熟悉又有點刺鼻的——

蒜香醬香氣。

如果沒有那芳香四溢的香蒜法國麵包，藍鳶定將更晚起床。

誰這麼窩心？他邊伸懶腰邊坐到餐桌旁，橘色條紋玻璃杯裡的牛奶和麵包都尚存熱度，旁邊還留張紙條。

親愛的荷米斯：

艾蜜莉急事尋求協助，請到裁縫店裡找我們。

竟然選擇使用餐點來喚醒他人，果然是潘先生的風格。

簡單挑了幾樣可能派上用場的東西，藍鳶匆匆上路。整排緊閉的店面，唯獨樓下香料鋪子照常營業，沉默的爺孫倆難得忙進忙出。

大概是一般民眾相信，香草可以治病驅邪吧。殺死鼻子還有舌頭之餘，順便殺死細菌。

向來燦爛的服飾街變成一個大型佈景，垂掛街燈下的吊鐘花隨風吐蕊，高彩度的紫色紅色花瓣像小國旗揮舞，栽種在陶瓷花缽或者木頭窗槽裡的三色堇、矮種牽牛、天竺葵、非洲鳳仙和粉紅瑪葛利特，以及沿著廊柱一路攀爬上招牌的九重葛，也照常奔放無限風光。

人煙罕至，各種顏色的粉蝶、紋蝶和小灰蝶更加優閒穿梭花叢。

相對繽紛景色，招牌顯得樸素。但路經這花舞蝶飛的服飾街，任誰都想讓自己變漂亮。

置放「熱內亞假期」店門前的是銅青色球面陶瓷花罈，散布著乳酪般不規則大小孔洞，經過艾蜜莉悉心照料，由花罈裡頭穿出數隻雪白的百子蓮。

望了一眼玻璃窗櫥的展示品，本季流行大荷葉邊和誇張緞帶。正要推門，一隻神氣的埃及貓從花叢中跳出，美麗的豹紋是灰色花朵，總可以迷惑人類和老鼠們的雙眼。

「帕樂被關在外面嗎？」

藍鳶彎腰想抱起貓，牠卻弓起身體，豎立全身硬毛，藍鳶只能自討沒趣，看牠低吼幾聲後離開現場。

「不想回店裡也不用這麼兇呀，真是的……」

一走進店裡，沉悶的空氣彷彿開啟塵封多年的地窖，混雜霉味和鐵鏽的詭異氣息，藍鳶不自覺鬆開領口。往常就算堆滿布料，也沒這麼重的味道。

門上的銅鈴叮鈴響，他沒關上門扉，想透過對流使空氣新鮮些。麥西米連聽見聲音，快速從樓梯跑下來。

「小朋友，看見你真好。」他迅速的帶上大門，直到一絲光線也穿不過隙縫。

「抱歉來晚了，到底發生什麼事情了呢？」

麥西米連掀開青蘋果色窗簾的一角，確認附近沒人。

「艾蜜莉染上流行病了。」他壓低音量，「我已經通知瑪格莉特跟珠兒不用來上班，反正生意也做不成，現在艾蜜莉就在樓上靜養。」

難怪氣氛不對勁。

「其實，應該不算是真正的流行病……」

「我聽說了，似乎是隨機傳播的咒語，」他緊緊握住藍鳶，「幸好我們認識可靠的魔法師。」

「怎麼不送到修道院呢治療？」

麥西米連臉上露出無奈的表情。

「她說，要是讓人知道這家店的人得過紅死病，生意會一落千丈。」

紅死病，原來外面的人是這樣稱呼。藍鳶內心沉吟了一會。「就算會影響生意……」

「噢，幸運的荷米斯，你還不夠明白貧窮與債務，往往比死亡還值得畏懼。」

「好吧，我明白了，讓我試試吧。」

藍鳶跟著麥西米連一同上樓，探望臥房裡的艾蜜莉。她黑色長辮子毫無生氣地攤在枕邊，不時發出囈語；臉上冒出怵目驚心的紅斑，原本只有些不起眼雀斑的。

「親愛的，荷米斯來看妳了。」他輕聲喚醒艾蜜莉，邊換條濕毛巾蓋在額頭上。

他倒抽口氣，拿出袋香末交給麥西米連。

「先燃起這些舒神香。」

「好的。」

清香幽幽散逸，艾蜜莉的表情也稍微舒緩。總算回神，她賣力睜開眼睛，虛弱的抓著藍鳶袖口。

「現在感覺好一些了嗎？」他溫和的探問。

「是這條雪白緞子……」

「衣服怎麼了嗎？」

「都怪我不好，那陣子皺褶太流行了，我一不小心就裁成這樣子，忘記是你的布料，害那些壞心的東西有新鮮話題來取笑你，請原諒我，咳……請你一定要原諒我……」

艾蜜莉越說情緒越激動，劇烈咳嗽起來。

「沒事的，本來就是我說袖子要寬鬆一點。」

「不！」她奮力撐起身體，「你總不願責備人，請接受我的懺悔。」

接著又是陣嚴重的咳嗽和急喘，麥西米連趕緊坐到床邊替她拍背。

「別撐了，我們還是去求診吧。」他心疼說著。

「我還撐得住……染過瘟疫的店家，以後沒客人敢上門……」

「錢這種東西，總會有方法的。像我們家一毛存款都沒有，還是可以無憂無慮呀。」

藍鳶覺得儘管麥西米連神情和語氣都十分誠懇，對艾蜜莉的意志完全沒有正面影響。

為了避免情緒波動帶給身體負擔，藍鳶靠到她耳後低詠。音節結束，艾蜜莉和緩的躺回床上。

「好懷念春日舞會呢，真希望明年……」

丟下這句，艾蜜莉沉穩睡去。

「不用到明年，復活節還等著妳的彩蛋喔。」

藍鳶讓微笑映入她最後的視野，再替她拉上被子。

「有辦法嗎？」

「我想應該可以。」

雖然沒獨自嘗試過，但見過布蕾太太重複施展，咒語的內容也大致記起來了。

他拿出一支鵝毛筆，「手借我。」

「嗯，」麥西米連伸出手掌，藍鳶手中的筆尖立刻朝他中指用力戳下去，「哎唷，會痛！」

「抱歉了。愛與思念，是最好的靈藥。那麼，開始囉……」

藍鳶低喃難辨的語言，條然，氣流竄起，袍飛袖舞，筆尖依稀發出淡淡藍光，指畫間慢慢完成多個邊緣相連的圓形陣。最後藍鳶腳跟一蹬，手一收，光之軌跡瞬間隱遁。

「呼呼，完成。」他抹去汗水。

「哇。」麥西米連則看得驚奇不已。

「等我休息一會兒，樓下也要布置一個，避免擴散出去。」

體力稍微恢復後，藍鳶在一樓也畫下魔法陣。他吩咐麥西米連找來一個草青色玻璃瓶裝水擺在門口，接著把家裡帶來的玻璃珠子通通投入裡頭，再剪了枝月光色百子蓮插在玻璃瓶中。

「花如果枯萎或變色了，就來找我吧。」

「啊啊啊，」麥西米連再一次緊握藍鳶，「再也沒有語言能夠表達我的感激了。」

「應該的，沒事的話，我要到老師那裡幫忙了。」

寫好魔法陣之際，天花板緩緩飄落三隻細長的紫紅色花蕊。藍鳶困惑的拾起觀察，似乎不是附近的花朵，卻有種熟悉感。

第三話

「都是你愛拖拖拉拉，害我們要跟他一組。」

克萊兒尖銳的抱怨像銅錐子劃破深夜的街道，朦朧月光映出三道持杖人影沿著第四街巡視。由於他們一起輪休，當布蕾太太聚集所有人在餐堂分組時，這差不多一起歸隊的三個人自然地就被編成同小隊了。

情節永遠這樣安排：磁場越不合的人越會共事。若那礙眼的傢伙竟然搭配過人的表現，比套上小一號的領口還難受。比方說上學期末的鎖心術測驗，整組人竟然只有藍鳶能抵禦布蕾太太的意識偷窺。啊，那惱人的碎念算什麼話術！每當克萊兒看見藍鳶和布蕾太太同時出現，她就不自覺想起自己的失誤。儘管總排名她還是第一，但她追求的是完全勝利。

「所以我們還是趕快繞完這區塊，早點回去交差吧。」肯敷衍地說著。

「你在說什麼？如果多了個扯後腿依然可以完成任務，正好可以向那些平庸的傢伙證明我們的水準。」

「好吧，希望這樣了。」肯依然敷衍地隨口回答。

肯一點都不想真的發現什麼「東西」，他私底下探聽為什麼夫人忽然決定大動作找出散播者和詛咒本體。結果是他們不在的那晚，咒文又招喚出力量更強大的魔物，和布蕾太太纏鬥了更久的時間才消滅；想到素日端莊威嚴的中年婦人臉上沾滿鳥毛的狼狽樣，線民不禁掩嘴。

雖然根據推論，小妖精除了傳染病媒並沒有能力直接傷人，但當下也是魔物再次降臨的時刻，肯一秒也不想多停留。他可不想把自身安全寄託在太太口中的救援遊騎身上。

「安靜，」沿路保持沉默的藍鳶終於說話了，「有東西靠近。」

三個人同時拉上披風靠向牆邊陰影，融入背景屏息等待。

伴隨令人微感暈眩的鐵鏽氣息，不遠傳來高跟鞋底的跫音。就算是夜幕底下，那身血染般的禮服也奪目非常，至於從頭頂延伸而出的突出物究竟是髮型梳成還是真正的犄角，又更令人疑惑了。

「你的眼神太深情了。」克萊兒酸溜溜說道。

「好漂亮的多層蕾絲，」肯自顧自的讚頌，「美麗的事物總是致命，抑或致命就是種美？」

「她停了，好像有什麼動作？」藍鳶嘗試拉回正題。

根據黑暗的靈感或是命運女神闔眼的瞬間，每當紅妖精停下腳步並用那又長又利的指甲刮過門戶，屋內立刻就傳出不絕於耳的痛苦哀嚎。紅妖精發出比極細鋼弦還銳利的咯咯笑聲，卻沒人知道她的表情是什麼，銀色月光下，只見一副蛋殼質地的白蠟色小丑面具露出固定笑容。

「別衝動，」肯緊緊拉住焦躁的克萊兒，「我們只需要追蹤她到最後回歸的地方，找出本體的位置，剩下的讓老師解決。」

「知道。」她耐住性子嘟囔。

長爪滿足地揮擺伸展，紅妖精像個熟稔藝術的傑出指揮家沉浸在扭曲的和聲，腳下踩著切分音舞曲，划出一條又一條腥色弧線，隨著節拍越趨響亮加速，女舞者俐落一個後空翻，換個屋頂舞台繼續邪艷狂喜儀式，凶光迅速躍過幾排房屋。

水母冰涼的觸手伸入目睹惡意祝福的觀眾背脊，無法闔起的嘴與身體一樣僵硬。結果是克萊兒最先敲碎懼怖的冰磚。

「追上，保持匿行！」

話沒說完，她已經乘上長杖追去，餘下兩人四目相覷，也趕緊騎上飛天魔杖。三道薄影一路低空飛行掠過屋頂煙囪，紅禮服卻像斷線風箏高速遠去，直到十字路口的小廣場終於澈底消失。

「竟然跟丟了，真可憎的結局。」克萊兒輕巧降落在廣場噴水池畔，眼神不甘心的左右搜尋，而高跟鞋音似乎從三方回響，「既然這樣，我們分頭探查吧。」

「落單太久會危險，十分鐘後原地集合。」肯繼續秉持安全原則。其餘兩人點頭同意。

肯首先選了條看起來最沒風險的直向幹道。克萊兒揮舞長杖，昂首走向被違章陽台遮蔽天空視野的陰暗崎嶇巷弄，就如俗諺所說：魔鬼總藏身角落。

最後一條路的街景分外熟悉，藍鳶以貓族機警的方式穿梭在廊柱和花臺之間，避免打草驚蛇。那些精緻刺繡的衣裳依然靜靜躺在櫥窗，等候人體賦予生命；滾落磚縫的大頭針奮力拋射月光，宣告自身存在。

事物皆同於往昔，打烊後的服飾街保持友善的面容。返回噴水池之前，藍鳶特地駐足觀察「熱內亞假期」，早上所留的魔法陣沒有顯示改變的跡象，不過等等……藍鳶瞇眼打量水瓶上的雪白百子蓮，似乎太早枯萎了。

「有什麼發現嗎？」肯老早就回到原點，一副好整以暇的樣子。

他搖頭，兩人沉默靠在池畔，等待的中間沒再交談。又過了片刻，巷口走出一個漏風的氣球。

「連隻跳蚤都沒有。」不等他人詢問，克萊兒自顧自抱怨起來。

「反正可能的源頭已經縮小到這區域，讓那些大人物有點事情做吧。」肯很滿意這結論。

倏然，急亂的馬蹄由遠方快速逼近，四野迴盪又無法指出明確的方位，令人心慌意亂的不祥黑煙同時竄出，準備鬆懈的一行人立刻武裝起來，腳步亂踩卻拿不定主意要朝哪邊迎敵（或逃跑）。

三口箭鏃射穿霧氣，精準釘在地面的人影上，儘管本能想跳開後退，被詛咒鎖定的該死身體竟然無法移動半吋。

「理智！我一定要保持理智！首先，解除束縛的咒語是……」

女法師正要揮灑她自豪的臨場反應，布幕卻提早掀起，騎士氣勢地揮舞鋒刃，寒光像閃電直透咽喉。馬刺重踏，剛由冥界步出的死亡黑影奔向可憐的受難者。

來不及了，時間和距離都短得來不及反應，藍鳶緊閉雙眼逃避眼前的殘酷景象。克萊兒依然

「咿呀」著嘶吼單音做最後的掙扎，肯則用不可思議的姿勢扭曲，鴕鳥似將上半身倒插在水面底下，想藉此躲過一劫。

生命終曲響起，呼吸好比日晷緩慢，帶點剝離感。「完了」，藍鳶空白腦海裡的唯一想法。是該做些行動的，什麼都好。看看那氣急敗壞欲突破禁錮的克萊兒與不惜犧牲形象爭取倖免機會的肯，藍鳶依然無法改變自身的消極。「這樣也好。」他摀住雙眼，不再留戀這殘酷世界。

逼命的關鍵時刻，「鏗」的一聲金屬交擊，溫水滋潤過的關節再次可以活動，頭顱也依然掛在脖子上。

先小心透過指縫窺視情況，「是你！」藍鳶不禁歡呼。

兩馬對峙的僵持局面，是威廉的軍刀格檔住致命一擊，兩把兵器持續擦出火星還有高頻率鳴音。

「來的正是時候吧！」駕馬的威廉顯得高大而英氣煥發，格鬥時不忘朝朋友們揮手致意。

「呼哈哈，得救了。」肯從水池裡狼狽爬起。

纏鬥幾回合，死物構成的招喚侍從靈活度遠不及威廉的敏捷身手，用來掩飾中空的盔甲到頭來反而妨礙行動，笨重的揮擊只能斬破空氣。威廉雖然多次尋隙刺入要害，卻也無法阻止其行動。

「看來只能強行破壞了。」

威廉重新握緊把手，換上種野獸掠食時的表情，瞬變的行跡環伺獵物，稍露破綻，狠霸之勁接連在對手身上留下深刻凹痕。如果再多點時間，威廉似乎就要把他劈成一堆廢鐵。

病患庇護所方向忽然一道紅光衝天，像是感應到某種呼應，黑暗騎士猛拉轡頭轉向飛馳。

「好戲還沒結束，」威廉迅速收劍，伸手拉起藍鳶，不容片刻遲疑，「上馬！」

在藍鳶幾乎是拔地騰空飛落馬背之前，他從不知道威廉有這麼厲害的蠻力。不過還有個更嚴肅的問題：他從未騎過馬。隨著馬足健壯蹬踏，脊椎骨節節嘎嘎作響，關於馬的所有知識通通甩在腦後，唯一的想法只有抓緊威廉，不要摔下去。

「你為什麼把我帶上來？多一個人不是跑更慢嗎？」

「明顯的，為了你的安全。你差點就要成為刀下亡魂了。」威廉又補充，「騎馬的魔物不只一個。」

追到修道院前，另一個戰局已經白熱。防守方是布蕾太太化身的火獅，敵對方則是持雙手大劍的騎士，身騎一匹血玉色的紅寶馬，熾紅和殷紅交纏成一團耀眼的毛線球。

兩匹凶馬忽然同時朝天嘶吼，白馬騎士縱身跳入圍攻獅子，正當威廉也找尋時機切入援助，空氣傳來與心室共鳴的嗡嗡低頻震動，街道另端竄出頭巨獸衝入戰局。融合大水牛和巨犀特徵的奇美拉與獅子互看一眼，默契十足的分進合擊，直向衝撞配合凌厲爪牙，圍困陰間使者；戰局持續到黎明首束曙光，兩尊招換物共同化作灰燼。

「我受夠了，明明是導師和『紅色森巴』海盜團間的仇恨，引來血腥司令對城鎮的報復，為什麼是我來收拾局面？」女士優雅的將服儀恢復端莊，彈開披肩上的灰塵，「早知道就該參加巫師年會，現在我就舒服泡在新德里的沙龍了。」

「追求名譽的後果，」巨牛獸也緩緩變回原形，由於老髮幾乎全禿顯得頭骨格外崢嶸（旁人恍然大悟想著：這即是長出牛角的地方吧），加上可刺穿羊皮紙的鷹勾鼻，還有詭異螺旋的一字眉，這給人壓迫又威嚴就是魔法院長的形像。「少些時間在唇舌，多點時間累積學問，否則等四個騎士到齊了，連我也束手無策。」

在享譽東方的魔法院長和惡名遠播的海盜頭子決戰於聯合省商船之後，不務正業的吟遊詩人終於等到新的續集。

「啊，多麼純粹的惡意，我又開始頭疼了。」女士搓揉著太陽穴，可惜煩惱也沒因此消失一丁點。

「這與院務會議上咄咄逼人的強悍布蕾是同一位嗎？」

院長戴上用來搭配灰青色格菱西裝的鐵灰色圓筒禮帽，夾著貓頭鷹造型手杖，在布蕾太太鞠躬奉送下精神奕奕的離開。

等蒼老的身影消失轉角，布蕾太太把注意力轉移至陸續歸來的搜查小組，「年輕人，見你們平安太好了。」

「幸好有威廉。」目睹實戰的經驗，讓克萊兒提到威廉時的態度明顯尊敬許多。

「能活著真是太好了……哈啾！」肯不停哆嗦打噴嚏。

「沒付出，就沒收穫。」布蕾太太朝著渾身溼漉漉的肯拍兩下手掌，登時他乾燥蓬鬆的像條美容過的獅子犬，「德雷克先生確實虎父無犬子。」

「我的榮幸。」威廉熟練的跳下馬行禮。

「如何，有收穫嗎？」

「我的部分沒有，」藍鳶搖頭，「但我有私事，可否跟老師談談呢？」

「嘿！別想獨享成果。」克萊兒激烈反應。

「與任務無關，其實是……」藍鳶話還沒說完身體已經癱軟下去，「馬背令我暈眩。」

❋ ❋ ❋

對魔法師而言，打開尋常的門鎖就像撥開一束柳葉簡單。門上銅鈴響起，「熱內亞假期」屋內的空氣依舊瀰漫乳酪敗壞的酸臭味，每口呼吸都有大把鐵屑塞入肺裡般難受。

停業中的店家主人連忙下樓。

「噢，荷米斯，你來探視艾蜜莉了。」麥西米連正要順手關門，一隻鵝黃色小粉蝶趁隙翩翩飛進，「唉呀，漂亮的小姐跟著進門了。」

「你們家的貓怪怪的，不管我怎麼哄都不靠近。」

「沒必要大驚小怪，」貓主人聳肩，「動物都會鬧彆扭，偶爾。」

趁著麥西米連觀察窗外徘徊的愛貓，藍鳶不動聲色利用眼角餘光打量四周擺設，沾灰的象牙色骨瓷茶具顯然多日未使用，金色杯緣還印著紅唇印，褐色茶垢一度一度朝杯底劃去。

「對了，上樓之前可以讓我喝個熱茶嗎？」藍鳶合掌微笑請求，「忽然有點渴，不好意思麻煩囉。」

「當然，」麥西米連找來托盤收好杯具，「茶葉擺在樓上，請先坐一下等候。」

「慢慢來，別急。」

支開麥西米連的無人空檔，藍鳶從口袋取出一只作工精細的銀質十字架，將之平攤在掌心。唸出咒文瞬間，魔法的交互作用讓十字架覆上層朦朧白光，同時也讓他感到暈眩。沒持續多久，光芒頓失，十字架迅速黯淡並透出染血般的朱砂色。

溫度和光度也驟然降低，不適感更加嚴重了。藍鳶覺得景物像啟動的旋轉木馬開始加速風化，分不清是哪個角落紛紛傳來「悉悉酥酥」，似竊語、低喃、詛咒、哀嚎的組合變奏曲。眼神，是充滿惡意又戲謔的眼神。藍鳶轉身在五顏六色的布料間找尋顫慄的來源，在意識澈底迷離之前。

「啪」的一聲輕脆破裂，將他拉回理智。飄移座標的裁縫刀、絲線、針黹、人體模特兒皆歸位。

「唉呀呀，我不小心砸了她心愛的杯子，等她病好就輪到我慘啦。」麥西米連端著熱騰騰冒煙的茶具下樓，「茶泡好了。」

「只是杯子的話不用擔心，等事情結束之後，我可以把它恢復原狀。」他孱弱的癱坐沙發上，讓滾燙的伯爵茶與佛手柑香氣沖走喉裡乾澀的混亂。

「魔法真是神奇。」

「馬份，你相信嗎？我學習魔法的動力，其實就是要修好一個破到不行的杯子呢。」

「不是有個老爹從小押著學嗎？」他又補充一句，「像我。」

兩人同時大笑。

輕鬆的吉光片羽帶來靈思，藍鳶悄悄放下茶杯。

「對了，牆上那捲布料，可以拉出來讓我看一下花色嗎？」麥西米連順著藍鳶所指的木架逐一比劃，橫掛各款布料的牆面像個大調色盤，「對，就是用胭脂蟲染的那綑。」

「想看花紋嗎？」他擦擦手掌，抖抖露出的一小截布料，「老實說，從擺好到現在，我們也還沒打開來看過，真好奇。」

藍鳶深吸口氣，「抽吧……」

謎底揭曉瞬間，一桶又一桶的赤紅災光同時潤開，隨著早先隱藏的違和感一口氣爆發，耳邊充塞宛若殺戮現場的嚎啕、呻吟、求救的呼喊。怨念儘管無形，飽和依然使人窒息。

那染料根本不是胭脂蟲，是浸漬了千百人血液而成之地獄實景。不願安息的血珠從纖維中滲出，波濤裡浮現血絲大眼瞪視一切，依稀可聽見遠洋傳來的狂妄笑聲在讚美這得意作品。

嚇壞的麥西米連倉皇跌坐到藍鳶腳邊，他翻開茶壺，不忌滾燙直接潑向自身，但已經沾滿雙手殊極豔麗的紅卻怎麼洗也清不掉。

「這就是詛咒的源頭了嗎，這麼澈底低俗的文本到底打哪來的啊！」藏身假花飾品的粉蝶雍容的化出原形，正是布蕾太太，「荷米斯，就算你朋友天賦異稟，也不該直接碰觸這危險物品。」

「我的疏忽……」藍鳶面露蒼白，緊緊闔眼轉頭，但塵封的記憶不停蛹動。他知道這個味道。

「閣下又是？」再沒任何事件可以嚇倒他了。

「荷米斯的導師，」女士清了清喉嚨，「你們應該感謝他的體貼。」竄動的瞳孔對焦穆肅面孔，腥紅血霧加速逸散。

「不准放肆！」

布蕾太太拋出三葉草花紋銅杖，半空高速旋轉後重重墜地，刮起旋風扯開所有的門窗。布簾飛舞中，清新陽光逼得汙穢的躁動舞台逐步收縮，形成扭曲的陰沉空間對峙。

「來瞧瞧這文本的核心吧。」

輕亮吟誦聲中，厭煩的色彩持續在不潔的絨布收攏成黑炭色線條：異端密碼、骷髏、魔鬼符號和顛倒曼陀羅陣。

藍鳶吞了幾下口水，「好高段的……邪術。」

「印象中上個月在巨港周遭，有艘滿載印度棉的商船遭受海賊洗劫，人員無一倖存。」布蕾太太哀傷嘆氣，「看起來是『血腥司令』的傑作了。我就說私掠特許令的政策根本是養虎為患，眼前不就一隻不認主人的瘋狗？」

雖然覆蓋的不盡然是王牌，關鍵辭彙終於開啟塵封的盒蓋。

「老師，我記得好像有種進階語法可以藉由詛咒逆向攻擊施咒者？」語調不變，眨眼的藍鳶似是換個人。

「凡事都可行，只是不盡然有益。所以我絕不教黑……」

不等布蕾太太說完，藍鳶筆直站起，高舉雙臂；他先深吸一口氣，把所有往日的美德吞下腹，接著閉目凝思所有惡毒的咒語。海賊的文本受到浮現的青脈和毋須唇音的心之咒感應，色塊再度紊亂，數十隻枯爪暴亂竄出矢志要把施術者一同拖進深淵。

「不。」

簡潔的決斷，銅杖重捶地板剎那，整架布絨光速燃燒，灰化殆盡，強大的力量也把藍鳶彈回沙發椅上。

「我……」欲做言語，藍鳶卻緊抓心口，吃力喘息。

「黑魔法的負面能量，切記，必反噬己心。」

布蕾太太由袖口拿出支金色羽毛，沿著陽光階梯溜進晦暗的裁縫店，藍鳶和麥西米連兩人頓覺舒緩許多。

「首先，讓我低調的清除這條街的穢氣。」布蕾太太手插腰際，鷹眼掃向狼狽的傢伙們，「屋裡的人，包含荷米斯，全都到我研究室接受淨化三天。尤其是你，荷米斯，我竟然不知道你有這麼兇狠的一面。」

第四話

離別日清晨，藍鳶替窗邊的鼠尾草澆水時，遠方傳來陣陣高昂梟聲。

驀然抬頭，一隻大冠鷲在城鎮天空盤旋翱翔。儘管離地千呎，雄赳赳的展翅英姿依舊留下巨大的影子。

待在這城鎮多年，初次目睹灰棕猛禽，往常多的是跑到內陸的海鷗，喧嚣搶奪殘羹。

「多特殊的餞別。」他如此讚美。「果真，不是偶然嗎？」

是時候展開餞別了，某人永遠比約定時刻提早出現。

一如往常反鎖大門，只踮起四分之一的腳尖就可以不發出任何聲響走過樓梯間，趁旁人不注意時吐掉舌尖的茶葉，連同昨日的晦氣一併丟棄。街道逐漸恢復往昔生命力：一樣吵雜熙攘、人影雜沓、雞鴨牛馬都來湊熱鬧。

像顆肥皂泡泡，藍鳶靈巧的自周遭景象滑溜而過，一路來到布蕾太太的研究室。

開門引路的傑森依然整潔有禮，意外的是，向來以條理分明著稱的副院長研究室，竟然卷帙失序，四處散亂堆疊，精緻的特洛伊戰爭主題掛毯因此不見天日。

「我們剛好在整理。」女士優雅沿著靛紫色紋理切下乳酪薄片。

「若時間許可，真希望能幫忙。」

「聽說你要跟威廉上船，擔任隨隊魔法師？」

「是的。」

「荷米斯，雖然有些事我不太想說，」布蕾太太啜飲口焦糖牛奶，「優秀的魔法師，通常不是好部屬。」

「我會銘記教誨。有件事情，我還是不明白。為什麼那匹受詛咒的布料，會找上艾蜜莉呢？她只是個普通人。」

「普通人？」布蕾太太微微拉升語調，「事情發生都有原因，我只能說，乾涸的河道最適合雨滴降落。你再精進一陣子，就知道我在指什麼了。」

藍鳶似懂非懂的點頭。

「總之，你暫時別在那小姑娘附近操作魔法，有可能會干擾到我的封印；唉，你應該知道我耗費多少心神來穩定她的精神與記憶。既然提到魔法，上回忘了問，你從哪裡學來那些不該會的咒文？」顧慮與前兩者味道不搭，女士又放下掌上的太妃糖。

「這個……」藍鳶摸著下巴思索，「有一本食譜不知道為什麼，混在我從老師借來的書裡。」

「《奶油小餅的一百種配方》？怪不得我怎麼翻都沒有蹤影。」

「好奇解碼後，變成《新十字不為／廣為人知的風流佚事與羅曼秘辛》。」他遲疑了一會兒才小心追問，「上面記錄的八卦，都是真的嗎？」

「所有的歷史，不論是關於皇家名流或市井小民，永遠參雜了事實與希望成為事實的東西，你得學會自行判斷並承擔責任。然後呢？」

「我還是覺得這本書沒那麼簡單，於是進行了二次解碼，雖然不完整，果然零散的發現些咒語。」

每位魔法師都有其獨門符號，甚至兩套以上系統互相隱藏或交錯。而在這些文字迷宮中探險，是藍鳶閒暇時的興趣之一（在他鄰居眼中這簡直是無處可去的乏味活動）。

「不愧是荷米斯。」布蕾太太眼神流露稱許，不忘叮嚀，「切記，黑魔法可以認識，萬不能使用。」

「我保證。」

「很好。」她滿意點頭，「最後，還有幾項東西。」

布蕾太太離開柚木座椅，從後室捧出折疊整齊、由墨綠、草綠、碧綠三種綠色交錯而成的格紋法蘭絨，草地般的陽光質感，「你身上這件應該是出自艾蜜莉那小姑娘巧手吧。」

布蕾太太細心抖開披風，貼著藍鳶比量尺寸，肩線剛好落在位置上。

「這是？」

「以前利用空暇時間替我小孩縫的，後來完成時，他身材已經魁梧的像頭雄鹿了。」她又仔細按著舊痕折妥，「既然照你要求而沒公開表揚，權充是餞別禮吧。」

藍鳶很長一段時間說不話來，「噢，原諒我，老師。我找不到適合的文字表達感激之意……」

「到下次見面前，很多時間讓你慢慢斟酌，我相信遠行會帶給你充沛的靈感。但我可要繼續忙碌，整理這些成山的文獻了。」

離開學院後，裁縫街還在營業前準備。尚未澇熱的晨風帶著茉莉花香氣，艾蜜莉遠遠已經站在門外迎接，絢爛的陽光讓她的麻花辮子閃耀烏亮光澤。

「先坐一會兒，讓我找看看有什麼東西。」病癒的艾蜜莉迅速恢復服務業精神，俐落張羅茶點，「我聽說店裡像經歷戰爭似一團亂，沒想到清醒時已經恢復原樣了，真是太好了。」

「就像善良的掃灰娘，森林裡的動物們都會主動對她伸出援手。」藍鳶顧左右而言他，避免她回憶太多細節。

「嗳，該怎麼說？」艾蜜莉邊倒茶水邊費心找尋合宜措辭，「我多麼希望你能平凡點，留在城裡安穩生活，就像馬分那樣。」

「若說平凡，我確實是呀，」他輕啜品嘗伯爵茶的淡雅香味，神情夢幻的遠眺天上的飛鷹，「不過，總覺得有什麼在遠方呼喚我。」

「但話說回來，我也是出了趟遠門，才體會家鄉的溫暖。」艾蜜莉感嘆，「哎喲，我的小腦袋，人生真是太複雜了！還是乖乖顧好爸爸留下來的店，這對我而言比較單純。」

「咦，艾蜜莉也曾離開過？」

「嗯，拖著萬分疲憊的身體回家後，才認識馬分的唷。」想起初遇的插曲，艾蜜莉掩嘴莞爾，「等你回來，我們泡壺茶，再來繼續說這段故事，好不好？」

「好，我已經開始期待了。」他保持風度的對艾蜜莉微笑，「不過，馬份一點也不平凡唷，他是最頂尖的修琴師傅。」

「唉呀，算了我真是多嘴。」艾蜜莉懊悔的拍打臉頰。

「謝謝妳的關心。」

「對了，你看這頂帽子做得好不好看。」

她連著人偶頭拿來頂葡萄酒色的圓頂呢絨紳士帽，帽圍裝飾四種不同花紋的絲帶還有羽毛。

「非常漂亮。」他仔細端詳。

她把帽子戴在他茂密而如桑葉般柔軟的髮絲上，「這樣更好看。」

再次回到第五街，捲起袖子的麥西米連放下擦拭商品櫥窗的工作，和威廉禮貌性交談，一旁的馬車似乎剛停不久。

「日安，小朋友，真是個適合遠行的天氣。」太陽高升，麥西米連得隔著指縫瞇眼才能目視天空。「我出發那天也是風光明媚的很。」

「等我也環遊世界，再來與你分享。」

「太好了，我得坦誠，之前還非常擔心你會變成永遠不敢踏出家門的老小孩。」長久來往，使他忘了藍鳶原本就是客居在此，「幸好我錯了。」

「但就像你周遊列國後，還不是回到這裡來？」

「雖然很難解釋，但兩者真的不同，」麥西米連直搖頭，「只能靠你親身體會了。老實說，三不五時，我的旅行箱依然蠢蠢欲動。第五街是個溫暖的袋子，讓人想要一輩子窩在裡面，但有些答案你在這裡永遠找不到。」

「什麼問題的答案？」

麥西米連連忙搖手，「饒了我吧，我不是靠頭腦吃飯的。反正我就是知道你早晚待不住。」他靠在藍鳶耳邊壓低音量，「放心去吧，我不會再讓地下經濟跑進艾蜜莉倉庫。」

藍鳶最後又再一次上樓檢查門窗。令威廉吃驚的，他所有的行李只有一只藤編旅行箱。

「神奇收納術，想學嗎？」他同情的看了眼威廉兩大箱沉甸甸的行囊。

「確實。」威廉無奈嘆氣，「缺個女主人。」

「荷米斯，你的朋友真慷慨。」麥西米連拍了下威廉肩膀，「他說他能幫忙商借盛夏廳，如果我跟艾蜜莉要舉辦婚禮的話。」

「結婚？什麼時候？我之前怎麼完全沒聽說？」

「不想錯過的話，就早點回來吧！記得幫我宣傳，群島區最好的製琴師跟裁縫師就在新十字的『潘師傅』與『熱內亞假期』。」他用袖子滑過臉頰，「啊，我最討厭這種場景，你們快點出發吧。」

兩人齊揮手，往日身影就此拋在後頭遠去。

如果說布爾喬亞的古龍味和花香常使他過敏，那越往下城區，各色人種的體味與海港特有的鹽腥，則是塊塊磚頭擲向無波湖面，令他嚴重暈頭轉向。

醉茫的酒鬼沿街嘔吐，接頭馬戲團留下一坨又一坨排泄物（有猴子、大象、拔去爪牙的老虎和滑稽扮相的馬來熊），警官吹響尖銳哨音追捕工會幹部並當眾壓制在地，空地一角聚集大量烏鴉啄食的是，天吶，公開吊刑的落網海賊。

他討厭太多氣味，或教養點的說法：沒那麼喜歡。既然短期回不去封閉乾淨的二樓房間，他得練習忍耐。

「我們現在要去哪邊？」藍鳶忽然察覺自己對於旅程毫無所知。

「群島的門戶：南隆灣港，船隊正好巡駛到那附近。我們在那裏與船隊會合。」

「南隆灣，」本地語即有港口之意，但外地人習慣再加個港，「那不是？」

「你家鄉，」馬車緩緩減速，一艘艘多桅大帆船昂然出現，「聽說是個充滿異國風情的地方，真令人好奇。」

「嗯，很久沒回去了。」他把頭枕在椅背上，閉目沉思。

「呃，」沉寂了一陣子，威廉忽然想起什麼，「我不是故意忘記，是因為我們延遲了船期，會合地點才跟著改變。其實我也是三天前才知道。」

「原來如此，別放在心上。」

看見藍鳶微笑，他確定自己讀出密碼，故意皺眉自嘲，「老天爺，我終於學會東方人的語言了！」

「恭喜通過考驗，」藍鳶被逗得捧腹，「你可以與我們做朋友了。」

「南隆灣港是來自東方，獻給女王登基八十年的紀念品。」年輕的馬車伕得意的插嘴道。

「是呀。」對此，藍鳶淡然回應。

先發出感嘆的人是威廉，為了剛經過的皇家郵政信筒。

「出海後，收發信真不方便。」

「咦？我還以為，這就是你找我的主要目的。」

「什麼意思？」

「當然是指寄信這回事，」藍鳶眨了眨眼，「你不知道嗎？對剛開業的無名小巫師，重要收入曾是書信往返的委託案。」

「完全沒聽說，類似代筆那種？」

「嗯……還是用順述法講解好了，」果然是個愛國份子，「很久很久以前，古老到原創者不可考，傳遞信件的魔法就被發明了。過程簡便，你只要專注大聲朗誦內容，憑著你對收件人的信念，這張紙就能飛到他手上。」

「這麼方便的東西，怎麼可能是行家門路？」威廉露出「太晚知道」的專屬神情。

「因為收費太便宜，大約四十分錢，官方郵資的一半不到。三十年前為了帝國郵政長遠的健康發展，於是頒布了保障魔法師的法案。理由是避免我們這些年輕人因削價競爭而挨餓，硬性規定每個信件委託必須收兩里拉。當然沒人會為一封信耗費這麼多錢了。」

「原來是保護的名義行打壓之實。哈，真是老狗學不出新把戲。如果不壓抑民間網路，效率令人絕望的皇家郵政也存活不了吧。」威廉思索，「如果魔法師們私下算便宜呢？」

「聽說會有調查員喬裝成急尋外鄉親人的家屬，說家中有人病危之類的理由，請求魔法師們無論如何務必幫忙。要是一時心軟而被逮到的話，邊境充軍。總之太麻煩了，現在變成專屬同行的聯繫方式，不然就是熟人。現在沒人敢冒著犯法的風險幫陌生人寄信了。」

「很好，」發現關鍵的威廉得意笑著，「這裡就是邊陲，你又是艦隊顧問，可以大方營業了。」

「聽起來很有道裡。」藍鳶苦笑，「辛苦德雷克家族長年戍守邊疆。」

「如果可以頻繁與家人或朋友通訊，其他弟兄也會很高興。」

車廂停在泊著艘平底戎克船的碼頭前，搬運工人瞧見首先下車的貴賓金髮碧眼，未知是商會代表、投機客還是找麻煩的稽查員、鼻頭堆滿瘤的稅吏，趕緊喚來主事者。

「您就是要搭順風船的兩位客人？」黝黑的年輕主事有風吹日曬的健壯體格，肌肉線條精實而五官略為扁平。

「有事情耽擱了。」威廉友善的握了握他粗糙的手。

「很多莫名消失的城鎮都是瘟疫惹禍啊，算你們走運。」他爽朗的呵呵大笑，不經意散發煙草焦味，「還趕上了季風尾巴。」

「閣下就是船長？」

「算吧。船是商行的，但在外歸我管。」船長看見另一個跳下馬車的人影，不由分說迎去捏著藍鳶臉頰，「這不是小弟嗎？」

他操本地語言時常摻雜本地髒話。

「哎唷，會痛。」藍鳶邊掙脫邊睜大眼睛，與船長的熱絡相比，他的反應明顯慢半拍，「你怎麼會在這裡？」

「你不知道家裡現在生意他媽的做很大。」他指著碼頭附近數排建物的其中幾棟，「那倉庫已經是我們的，過陣子還要設分社。」

船尾傳來爭執聲，紛紛嚷著船長名字。他朝著地面啐了一口髒話。「我還要來回檢查幾趟，你就帶貴賓到最好的那間客艙吧，別說你不知道我們家的船長什麼樣子。」

「呃……好……」

藍鳶隨口敷衍。在他學會調配治療暈船的草藥前，每次航程他都吐得天旋地轉，根本不記得船長什麼模樣。

「你們是熟人？」藍鳶面對同鄉熟人卻依稀帶有距離的表情使威廉意外，與平日接近疏離的禮貌差不了多少。

「堂兄。在我們這一輩他排第四。」他不甚確定數著指頭，「唔，他剛剛好像沒對你自我介紹，還是一樣冒失。我記得在外面他自稱是東方鷹船長，但他本名是藍鷹。」

「他的口音還算標準。」

「可能是常常四處跑的緣故。」

「真意外，剛好是你們家族的船。該不會所有來自南隆灣港的船都歸你們家吧？」

「沒那麼多。」他搖頭，「頂多五艘中有一艘吧。」

「聽起來是個大家族。根據我粗略的印象，你好像說很羨慕他人有兄弟姊妹之類的。」

「我確實是爸媽的獨子呀。」他聳肩，接著面向大洋左顧右盼，「瞧！」

雪白積雲軟綿綿躺在海平線上，一團稀疏黑點緩緩從雲端滑翔靠近，隱約擺盪像是海鳥群。

「全都是信。」經藍鳶一語點破，威廉揉揉眼睛，飛過頭頂果然是一封封信紙，乘載滿滿意念。

到站的旅客集結脫隊，在街道上低空飛行，從碼頭徐徐溜進城鎮。最尋常的款式是紙飛機與船，也有摺成紙鶴優雅展翅、青蛙跳躍，風車形狀的書信則紡紗輪般旋轉前行，極富巧思的花葉系列則不規則飄落，彷彿真的有輕風拂過。

「太神奇了，其他人也都視若無睹嗎？」他訝異問著。

「思惟解讀光波，人們只能看見自己知道的事物。」

「確實呀……」他依然因眼前瑰麗景觀而震懾。就算媒介特殊，本質上不過是寫了字的紙，

「思念，真是美麗的事物。」

「那麼，也請記得我是今年剛從商學畢業而且表現高於平均的學生。」

藍鳶嘆息，圓謊戲目提前開演。
「嘿，別趁機催眠我！」

❋ ❋ ❋

一彎新月緩升，線條俐落得像指爪劃破夜幕。海浪輕拍兩側，似有韻律的小鈴鼓。
「那是什麼？」
比胡椒顆粒細微的遠方礁岩上，流洩的銀光映照三兩個婀娜豐盈的胴體，順風間歇傳來金鈴般的歌聲。
威廉也舉起望遠鏡。「寧芙女神。」
「不是儒艮嗎？」
「真正見過寧芙的旅人，才不會把海洋哺乳類錯看成女神。」他把剩兩口的啤酒瓶用力擲向海面，「聽見了吧！海上的朋友們，我來了。」
「威廉，你醉了。」
「不可能。」他鬆開領口，背倚著柵欄，「喂，荷米斯，我說你呀，就算為了避免漏出學歷的馬腳，也用不著對你哥那麼冷淡吧？」
「嗯，確實是個原因……」搖晃的船身讓藍鳶不敢像威廉那樣靠在邊緣地帶。

「還是，太久沒見面，一時還沒習慣？」
「或許吧。」
威廉放棄這個話題，社交並不是他民族的長處。「談一下那座城吧。」
藍鳶費了點時間，從渾融一體的記憶中切出特色，「那是個溺灣地形的港口，像隻大鯨魚衝出海面後停住不動，城鎮沿著陡坡櫛比鱗次，街道配合坡度才像迷宮蜿蜒。」他意有所指瞧著外地人，「才不是缺乏設計。」
「我什麼都沒表示。」
「因為地形因素，午後就有霧氣從山裡飄來。雖然從家鄉帶來了各種花草，最後還是長滿了一種原生植物：煙火花。這種樹有紫紅色的葉子和桃色的花朵，黃昏時城鎮就壟罩在粉色煙霧中。」
「印象派的風景明信片。」
「這又是什麼動物？」他指著船尾後方，三不五時跳出水面的陌生動物。
「噢，找個時機再介紹吧。」威廉神祕兮兮說著。
氤氳霧氣湧上，周圍景物溶解在石炭墨黑中。
「繼續牌局吧，已經讓你換個手氣了。」威廉催促。
回到娛樂艙的牌桌，威廉自信充足的重新洗牌，藍鳶則好整以暇的掂量籌碼。那是由竹片削成的小圓片，基底的黑漆、數字的白漆和邊緣裝飾的紅漆皆少有磨損。

「唉呀，我的旅費都跑到哪裡了？」藍鳶嘆氣。

哄堂吆喝的焦點都在隔壁桌的骰子上，應該不會有人注意到角落的紙牌戲碼。藍鳶暗自忖度可以玩弄什麼不引人注目的戲法。

「你好像不太會玩啤牌。」

「真的，其實只懂規則而已。」

他天生緩慢的步調總使人誤以為他很悠閒，因此樓上的女高音也三不五時邀請藍鳶一起消磨「無窮等待的漫長人生」。啤牌從來都只是個符合女士品味的上流背景，有如此淒美的詠嘆調，誰還在乎輸贏呢？

「既然如此，換個簡單點的。梭哈。」

威廉各發兩張牌。莊家檯面上的是黑桃Ace，藍鳶則是張紅心9。

「明顯地，今天不是你的日子。」他揚眉。

藍鳶指尖輕抵著未掀的底牌，「繼續。」

「虛張聲勢。」

第二輪，威廉多了張梅花Ace，藍鳶拿到紅心7。

「你確定要跟牌？」他堆上籌碼。

「相不相信……」藍鳶表情神祕地說著，「接下來的牌都是紅心？」

「不相信。」他斬釘截鐵地回應。

「不相信什麼？」

「不相信你一直有紅心。」

下回合，莊家多了張鑽石皇后，在威廉遲疑的瞬間。

「紅心。」他語氣像是床邊故事般溫柔，成功引出紅心皇后。

「我的牌面還是比你大，你連個順子都湊不成。」

藍鳶攤手靠著椅背，一派輕鬆的說著，「還沒結束呢。」

瞄過最後一張牌，威廉喘口氣，是Ace三張。「現在總要放棄了吧？」

「為什麼呢？」他跟上籌碼，雙方掀開底牌，「同花，全都是紅心。」

「別得意太快，第一局而已。」

威廉急忙收回牌堆反覆搓洗，藍鳶則指尖輕敲桌緣，富節奏和簡單旋律的呢喃，「兩張紅心，」他自信滿滿連底牌也不看，「來一顆紅心，」又被他料中了，「再兩顆紅心。」終局又是紅心同花。

「把你的大袖子收起來。」

「悉聽尊命。」他細心把披風折成手巾大小塞進口袋中，又把長袖高高捲起。

「玻璃珠也是。」那是藍鳶偏好的媒介物。

「沒問題。」藍鳶揚眉，欣然掏出碧綠澄清的玻璃珠，「小心別摔碎了。」

「我氣量沒大到遷怒這小玻璃珠。」威廉把藍鳶的玻璃珠妥善收進胸前口袋。

結局依然相同，紅心同花壓過威廉的兩對子。不是袖子戲法，那一定是哪裡中了暗示，是指節的拍子嗎？威廉刻意改變自己發牌的節奏。「加張紅心。」猜錯了，又是紅心同花，那一定是眼神，威廉專注直視藍鳶特意擺出的無辜眼神，「來顆紅心。」

「再來。」他決定換副沒被藍鳶摸過的紙牌。

「我提醒你了，小心籌碼數量。」他保持看也不看，直接把籌碼往上加的方式。

「我猜，」威廉瞥了眼底牌，總共有四張國王，「我差不多拆穿你的把戲了。」他又疊高籌碼。

「我相信你給我的紅心。」

藍鳶翻開底牌，這回的同花順收回滿滿籌碼。

「噢天，」威廉訝異按著額頭，「到底怎麼落入圈套！」

「商業機密，友情放送。」他像隻紅狐狸狡猾笑著，「當你說『我不相信你一直有紅心』時，你已經相信了。」

「如果我當初說：『我對我的牌組更有把握』呢？」

「總有其他對應的話術囉。」

「嘖嘖，寧可投資所羅門王的尋寶隊，也不該與魔法師賭博。」

「確實是不公平的比賽。」藍鳶轉著籌碼，「或者，退你一半好了。」

「不用，這學費不算太貴，我付得起。」

船身突然強烈搖晃，擺設紛紛移位。接著響板一路急敲，從甲板驚惶嘶吼至內艙，船員們聞聲變色，緊張又不得不硬著頭皮匆匆跟上。

「他們在說什麼？」

「遇到海賊船了。」他神色不佳。

黑旗永遠是討海人的夢魘，特別是帶赤色骷髏圖案的。

「正好，不請自來的獵物！」威廉興奮帶上隨身軍刀，箭步衝出。

「等……」

藍鳶正猶豫該如何行動，追到門口又迎頭撞上一道人影，原來是手持鐵棍的藍鷹。藍鷹氣喘吁吁把他壓回房間。

「小傢伙，外面很危險，躲好！別有個三長兩短讓我分心。」

第五話

後來，在德雷克家族鄉間宅邸的一個迴廊，掛著一幅油畫來傳頌這場戰役。

紫黑色的無星夜空充滿詭譎氣氛，捲起的波間潛伏兇惡的海怪與惡鯊——追隨血腥的海族禿鷹，美麗的海洋女神紛紛驚惶退至邊框和遠方透視點。

海賊船在畫面左方，高懸艷紅骷髏的旗幟，染料是人血。賊船上的面貌自然兇神惡煞：蜈蚣疤痕、瀆神刺青、單眼黑罩和鏽蝕鐵鉤等等；每個惡棍都揮舞各式明晃晃的武器，咧著缺牙的臭嘴叫囂。

而作品的主題在銀盤緩緩升起的右半部，威廉．德雷克英勇的登高吶喊（飄揚的金色髮絲周圍隱約有月桂葉飄浮），灑落的月光經由他的刀刃散射成米狀光輝；這畫面總緊抓觀者的視覺焦點。

受到不屈精神的感召，前端的船員們雖然還面露恐懼，軍官附近的水手們已準備誓死決戰，儘管他們手持的是船槳、木棍、鍋鏟，最具殺傷力的也不過是把鈍菜刀。

事實上，當威廉高喊「反攻敵船，占領財寶！」時，雖然耳膜一起震動，其他人卻無法理解他的意思，直到東方鷹船長簡短翻譯並摻雜大量地方髒話後，全船才沸騰起來。

至於反派一方，那是場澈底的惡夢。歸咎起來，不是首領酒醉而忘了巫師的告誡：回程萬不可惹事，就是所有的人下床時都選錯邊了。

該怎麼描述這反常呢，所有的引信竟然都受潮無法點燃，導致二十幾具側砲都成了裝飾品。平常熟練到不行的兵器們也異常笨重，劈沒幾下就像在高原上跑百米似氣喘吁吁。

「快給我炸翻對面那隻黑色水泡眼。」

「老大，不是個好預兆。」砲班交頭接耳，得到結論。「今晚還是收手好。」

光頭傑克掐著厚下巴靜默，光滑的頭骨弧度替他得到「大蘋果」的外號。受到高濃度酒精穿越血腦障壁的影響，他人純粹出理性的觀察和建議也會勾起埋伏在晦暗轉角的情結。

一定是轉移基地的任務讓底下人看了太多金銀珠寶，從而質疑他這老大能力不足，掙來的錢永遠不夠分。儘管毫無邏輯，分贓時得以多取一分的自尊或尊嚴，更催生了毫無邏輯的命令。

「囉嗦，攻擊！」命運之絲操弄下，光頭傑克將手上的酒罐摔的粉碎。

接著，咬刀想擺盪過去的精英突擊隊，被突如其來的一陣逆風強勢吹落海中。接舷吊橋總算沒發生失誤，氤氳水氣之後，竟是被攻擊的商船一方主動殺過來。

該死，那被稱為「矮子劍客」的威廉隊長，為什麼會出現南隆灣的商船上？這與二十幾年前皇家魔法學會院士為何會現身聯合省運輸船一樣，令海賊們百思不解。

失常的一夜，太失常了，簡直是海盜輓歌。

總之，看著威廉閃電般的人影迅速穿梭戰場，摧枯拉朽式的刀鋒橫掃，倒地哀嚎的海盜們一一被水手們制服。混亂中，想尋隙開溜的海盜首領，依然逃不過威廉鷹眼鎖定。

「別想逃！」

威廉擊退身邊敵人，疾步砍向光頭首領。

「逃跑的是兔崽子。」

首領也亮出大刀，利用他大塊頭的蠻力硬碰硬格檔住威廉，僵持瞬間再撥動機關，以刀身某處當支點，滑出隱藏的小利刃朝威廉盪去。

「下地獄吧！」

沾滿海蛇萃取劇毒的小刃精準刺中胸口，只聽聞一聲清脆的玻璃碎裂，小刃又快速擺盪回去，反過來劃破首領手腕。

「嗚哇，我不想死啊。」他拋下武器著急嚷嚷。

「這就是你的底牌了嗎？」威廉鬆口氣，這回他選擇冷眼讓敗戰的對手濺著黑血，狼狽跳進海中。

主將敗走，軍心潰散。從白刃戰開始十分鐘不到，海賊部眾來不及跳海的人都被五花大綁。

「老天，我出名了。」藍鷹船長占領敵艦後的第一個動作是砍下海賊旗來擦腳，「原來紅色軍團也不是無敵。」

「船長，來瞧瞧有什麼珠寶吧。」

無論何時何地，這話聽起來永遠暢快。

威廉維持警戒步入內艙，預期的埋伏與零星抵抗皆無出現。

「夥計你看，怪不得吃水那麼重。」

藍鷹也率人清點貨物，大宗貨物有玻璃彩盤、青瓷花瓶、精美的漆器皿、波斯掛毯、普洱茶餅和七枝象牙，木盒裝的珍貴首飾併金銀幣就顯眼堆在地板上。

「發財啦！」藍鷹隨手戴上比手掌還厚的軟玉戒指，「搶到肥羊。」

「唉這是什麼時代，來搶劫的強匪竟然比我們更富有。」

藍鳶也悄悄出現，四處展閱文獻書卷，找尋有價值的記載。

「喂，不是叫你乖乖待好。」藍鷹高舉黃金權杖指著藍鳶，「你要是缺角了，我向誰賠啊？」

「不要緊的，」他擺出招牌微笑，邊挑了個珐瑯把手的放大鏡，仔細觀察權杖上的刻紋，「世界有哪個地方，比待在傳奇人物東方鷹的身邊還安全嗎？」

「啐，有什麼好看的？」

「確認年代。」

只是藝匠的個人符號，不如把那幾卷舊羊皮紙帶回去解析，說不定暗藏玄機。

「誰在乎，這可是黃金啊！黃金耶。」船長用鼻孔哼了幾聲，「市場有價最重要。」

「老兄有空嗎？來這裡瞧瞧。」持續搜索的威廉用劍鞘輕敲地板。

「其他人繼續。」藍鷹先分配工作，跟進偏僻隔間打量四周，「什麼都沒有。」
「才怪。」威廉一腳踹開夾層的祕密。
底下的大麻布袋感應到外界聲光，也開始扭動呻吟，像是有人想要從束縛中掙脫。
「絕對是個美女。」威廉篤定說著，刀鋒卻怎樣也劃不斷捆繩。
「親愛的德雷克大人，暴力不能解決所有的事情。」藍鳶跪坐地上，耐性整理玫瑰似繁複的袋口皺摺，「讓我試試。」
只見藍鳶翻出紅蠟圓印，又快速藏在另一摺皺紋下，默念解封咒語同時偷偷掐碎蠟印，接著輕鬆解開繩結。
「這繩子吸飽了油無法受力，造成你的鋒刃直接滑過。」
「怎麼可能？」他察覺藍鳶對自己共謀式眨眼，「算了，大概是油脂都吸到中央了，外表乍看沒什麼異狀。」
宛若自乳海飛昇的少女，匯聚眾神祝福；拆封的禮物，令在場男士都忘卻了語言。絕美的柔髮像番紅花蕊連綴而成，噙著淚水搭配無辜驚惶的神情，只怕無人能拒絕她任何索求。自古以來，能令英雄們踏上屠龍冒險的動力不就是一個拯救安潔莉卡的契機嗎？帶著雅利安輪廓的安潔莉卡！
藝術鑑賞時段結束，巴別塔的難題再度突顯。
藍鳶嘗試了所有學習過的語言重複一句：「別擔心，現在很安全，我們會保護妳。」

少女似懂非懂地點頭，藍鳶則先押著自己嘴唇再指向她。現在，該換少女的發言回合。

「她講什麼？」藍鷹和威廉迫不及待追問。

藍鳶閉目輕皺著眉心，「似乎是……巫師？」他嘗試從大串陌生音節拼湊語意，「她提醒我們要注意強大的魔法師，不只一個。」

「整船都是笨手笨腳的笨蛋，沒看到狠腳色啊。」藍鷹不以為然。

「這麼說來，隱約確實有股奇怪的氣息。」威廉再次觀察布置。

「不在現場了。」

藍鳶掌心暗中把玩碎蠟印。如此傑出的手路，對方大可以讓他費上四五倍工夫也無法解開。

「哇哈哈，那你他媽的還不快點跟她報上我的名號。」藍鷹邊拍打著藍鳶的肩膀邊催促。

「船長，不好了！」匆促的腳步打斷藍鷹的初次介紹。「快來上面，海上都是……」

「船長好的很，別亂吼。最好是找到什麼價值連城的玩意。」藍鷹不耐地邊跟了出去邊嘟囔著，所有的人都聚集在甲板上望著同個方向，「啊，真的完了。」

薄霧散離，只見遠方盛開八九朵腥紅色的海上惡花，是八九艘紅骷髏旗幟的海盜船迅速馳援，急欲奪回產權。

「怪不得老頭子們常說，飛來橫財就是飛來橫禍。」藍鷹從地上隨手拾起一把彎刀，勉力鎮定。

「真可惜，我帶隊時他們就躲地老遠。」威廉語帶扼腕，再次握緊劍柄。

黎明到來之前還大段時間。倏然薰風襲捲，輕語呢喃的異國曲調比危機還具吸引力，眾人目光不約而同聚集在神祕少女的婆娑舞韻，袍袖拂掃之處留下道道璀璨軌跡。

「哈哈，結束前還有如此美妙的景色，這一生也夠精采了。」藍鳶決定把剩餘的生命花在欣賞少女的舞步之上。

「噢我的天，」驚嘆聲中，來自藍鳶的欽佩怎麼摀嘴也掩不住。他花了點時間找尋妥切的辭彙做為注解，可惜沒人注意他的喃喃自語，「是傳說級的……」

只見神祕少女足尖落下如盛夏池塘蓮荷初綻，纖指捻印彷彿蘊含櫥櫃深處的祕密，靈巧的身段連撲翅欲飛的天鵝也差一截。

當他人屏息凝視少女惜別之舞時，藍鳶目瞪口呆的客體卻是地上圈圈朝外拓展延伸的曼陀羅。儘管事先有了心理準備，他依然無法輕易相信接下來的情節。

處於漁人常常被公牛粗的海鰻拖下海的時代，動物開口說人話稱不上稀奇，預言傳說也偶爾成真（雖然落空也是家常便飯）。但當夜空燒成熾白、雲層沸騰咆嘯、最後不及眨眼、電光一瞬降下火流星擊滅敵船的大能事蹟千真萬確上映眼前，人們寧可相信是極致的巧合，或神意，也不肯相信這是人力能致。

選擇何種詮釋乃自由意志的展現。幸免於難的海賊船認賠掉頭，勝方深陷不真實感而忘了歡騰，大海恢復靜謐。

❋ ❋ ❋

熟悉的景觀永遠伴隨心安。

像是這座落小池畔的水榭，依然停留竣工剎那的完好狀態：四面門扇，彩色玻璃繽紛鑲在芍藥雕花的窗櫺上，由一拱跨水石橋連接迴廊。擺設也如同往昔，一艘充滿異國風情但永遠積塵的銀製小帆船模型，打開旁邊的百寶盒，各色的檀香粉供人舀幾匙倒入卡拉維爾式的香爐裡。

晴朗的早上，慵懶靠著欄杆讓陽光灑落肩上，黃金時代的生活也不過如此。

至於腳邊那盆黛青的杜鵑花，聽人們說，也一如往昔錯過花期。轉眼將近二十年，大家早忘了她的花是什麼顏色。

過於沉溺懷舊情緒，讓他毫無察覺女孩的到來。

「看魚嗎？」她又重複兩次。

「噢，抱歉。」藍鳶終於回過神。「看荷葉上的露珠。」

相隔太久，都忘了她的音量就跟小貓一樣響亮。除了棉花糖似的嗓音，這幾天他總認不出她的模樣；那是種即將成熟的少女姿態，旅人不禁伸手摘取的鮮嫩欲滴之果。

更不習慣的，還有她隱約景仰的目光，這令他感到莫名地侷促。

「住得還習慣嗎？」她笑問。

「當然，雖然很久沒回來了，畢竟是家裡。」

也有不習慣的部分。比方說更多喚不出姓名的陌生面孔，以及重複詢問的尷尬讓他感覺自己才是陌生人。儘管與那些人們遵循熟悉的行為、分享共同模式，他就是格格不入。那是種專屬家人的隔閡，由分離的時間所滋養。

「對了，」他掏出小心對折的一疊信紙，「這些是妳以前寄給我的信，文法和慣用語的部分我有稍微訂正。另外不得不說，字很漂亮。」藍鳶微笑的眼角彎出嘉許。

「西文果然還是六哥最熟稔。」

「就算如此，」他嘆口氣，「大家也不用看到我，就忽然轉成洋涇濱吧，我說話時還不是用正常口音。」

「這表示六哥你現在真像個外國人了。」她推崇的口氣好似這是個非常了不起的成就。「不是嗎？」

「噢，好吧。」藍鳶聳肩，顯然這是個值得思考的命題，「已經昏睡了三天，海上小姐的情況應該穩定點，有嗎？」

「不太能開口，但身體情形其實還好，真奇怪。雖然這樣，作夢時卻不停呢喃著『姊姊』。」

「疑，有嗎？我都沒注意。」

「是巴利文，這位姊姊也是外國人呢。」她繼續補充，「兩年前有位長老從錫蘭大老遠跑來宣教，那時跟著學一些巴利文，稱不上熟悉。」

「真厲害，說不定哪天，妳會的外國話種類會比我豐富呢。」

「怎麼可能比的上哥哥……」她低著頭，像顆草莓從臉頰紅透耳背。

「聞起來像另一帖配方。」藍鳶注意到她端來的藥湯。

「穆家大哥提供的，他說先前瓊姨在祭典結束後，都用這帖藥方調養元氣。雖然他對召來星擊的真實性也半信半疑就是了，姑且一試罷。」

與海盜交手的過程顯然傳開了。人們傳頌傳奇、期盼傳奇；但當傳奇真實降臨，卻多疑寡信，唯恐習以為常的世界從此崩塌。雖然藍鳶目睹了神祕少女施法與召換的過程，他選擇緘默，以免暴露身分。

「啊，傳奇的名字出現了。」瓊姨，若細究輩分應稱呼奶奶，但他們兩個屬於永遠弄不清稱謂的類型。

「提到傳奇，」她神祕地打量四周，刻意壓低音量，「可記得某年的冬宴，瓊姨一時興起唱了段折花令嗎？前個月晚上有人竟然聽見瓊姨歌聲從這亭子傳來，真神奇。」

「真的嗎？我待了半天都沒聽見，真可惜。」外面忽然傳來陣騷動，藍鳶躍下欄杆，用手背觸了觸瓷碗，「已經不燙了，端進去吧。」

處理家務的婦人和女傭們拉著孩童慌張退至內室，藍鳶則腳步從容來到前廳。

「紳士，」以好笑又無奈的語調，「這是私人宅邸，洽公請往山下的商行。」

他早料到不請自來的訪客會是誰。

雖然毛絨的三角帽遮住醒目的金髮，那穿著猩紅筆挺軍裝，正四處品頭論足的人不就是威廉嗎。看起來這棟雙層拱廊的紅磚洋樓很符合他的審美觀，特別是巴洛克風格的壁飾浮雕與馬賽克地磚。

「原來當地習俗，不歡迎白天拜訪友人。」他對這場慌亂下註解。

「大人，我恐怕關鍵似乎不在於白天與否。不管什麼時候，身穿軍服的傢伙忽然逛到你家門口，誰都會感到驚恐。」

「無論如何，紀律至高的皇家海軍上門，總勝過海盜或土匪。」

「如果兩者非擇一不可的話……」

「瞧瞧這玩意，海賊們把它藏在隱密的夾層中，」威廉掀開一個繡著金邊的紫絨錦盒，光線透入瞬間，盒裏的銀鍊立即閃耀動人，是極為罕見的高級白銀。一團無暇白光的中央，又蘊藏別種神奇的璀璨，緊緊揪住目光。

「好神奇的東西。」雖然藍鳶對金銀財寶向來沒特別熱衷，但今天卻有種怦然心動的感覺。

「可以拿出來讓我瞧瞧嗎？」

要精確描述藍鳶的悸動是件困難的差事。沒有言語也沒有任何低喃，在他碰觸銀鍊之刻，忽然湧上無比澎湃情緒來占據所有的思緒，甚至連神經末梢和髮絲都滿盈這股感覺，大概只有初見天空和海洋的悸動差可比擬。

與之相遇。從惡夢中醒來的清晨起，地毯下的意識角落就埋藏一種難以言喻的騷動；在他拎起鍊子以及緩緩升起的墜子後，曖昧未明的預言似乎獲得解答。

與之相遇。

多麼完美的寶鑽，必是蒙受天使所祝福。似是水晶，又像琉璃或白鑽的特殊材質；乍看是菱形八面體，每一面又精巧打磨成無數小平面。藍鳶懷著瀆神的心態謹慎輕觸墜飾，體內的能量竟受到感應而流向墜子。

他驚呼一聲，手插進口袋，別過頭將錦盒推還威廉。

「怎樣？這東西是不是蘊藏某種魔力。」威廉笑著問。

「也有可能是魔鬼的信物之類的。」藍鳶摀住雙眼，避免誘惑。

「留在我身邊也沒有用處。」他拿起銀鍊，在藍鳶面前擺來擺去，「給你好了。」

「真的？別開無聊的玩笑！」

「除非你不想要。」

藍鳶垂頭，由指縫偷瞄著墜子，嘴唇依然像雙貝類緊緊闔起。異常貴重的珍寶只會伴隨災禍，何況還是來自海盜船上的戰利品，怎麼想都不是正派玩意。但天譴的，他就是無法拒絕。

於是他成為座雕像，任由威廉把墜子掛在他頸上。

「普羅米修斯之哀詩。」

「什麼？」

「腦海中忽然出現的字彙片段，我也不清楚意涵。」他調整呼吸節奏以配合墜子的奇異重量，「可能是它的名字吧。」

「石中劍果然還是需要亞瑟王來推動劇情呀。」威廉一副等著看好戲的模樣，「有趣嗎？回南隆灣以來，完全不使用魔法假裝成普通人的感覺。」

「棒透了，感覺就像威廉哪天被禁止拿劍一樣好。」

學位證書他藏地妥善，一讓好奇者確認姓名後就立即抽走，從未讓任何人目光停留時間超過十秒。

「你不是常說學這些莫名其妙的咒文，根本不在預期目標內。現在剛好讓你重新體驗普通人的生活模式。」

這話令藍鳶無言以對。

「這是值得驕傲的天賦，你大可坦蕩承認。」

威廉實在無法理解，這種他無法精確掌握的能力，究竟有什麼難以啟齒承認。

「唔……好吧，」他不認為大方承認就能輕易解決這種期待與現實的落差，家族可不需要魔法師，「我會好好跟大家說明的，找個適宜的場合……如果有的話。」

「說真的，你真的認為你的家族不懂經商之道，所以需要你到銀史密斯學那些商院的陳腔濫調與裝模作樣嗎？」

「真是精準的一擊，饒了我吧。」他舉手投降。「一次就好，讓我當個不負期許的好孩子。」

藍鳶帶領威廉走進會客大廳的茶色沙發上坐下，生疏地找尋後，卻只有杯具而失去了茶葉罐的行蹤。

「荷米斯，出發前再次詢問你的意見。」威廉忽然良心發現，「真的沒意願，可以拒絕。」

「你比我想像還要多心。」他看了威廉一眼，繼續翻箱倒櫃，「反正不用上前線，只要在安全的地方動動嘴，中和對方術士施咒就好了，對嗎？」

隨著待在家裡的時間增加，一股難以言喻的窒息感油然而生。他們怎麼有辦法假裝什麼事情都沒發生過的樣子來對待他？他現在很確定一件事情：哪裡都好，除了家裡。

「對，」威廉笑著點頭，他早知道藍鳶不會拒絕，「讓上帝的歸上帝，凱薩的歸凱薩。」

「就像上週那樣，是吧？」

威廉抬眉，露出「果然是你的傑作」的表情；怪不得在那天的海賊遭遇戰，壓制對方火力的過程如此順遂。

是放棄任務的時機了，「藍鸚，有空請過來幫忙。」呼喊得到回應後，藍鳶才放心搬來張籐椅躺下。

籐椅不成比例的大椅背像片銀杏葉或羽毛，豆莢似的托起藍鳶。

「你來的太不巧，大人們不是在商行，就是在茶園。這裡只有晨讀被打斷的小朋友。」

清風吹入，帶來陣醺然桂花香。

「反正你在就好。」當他說這句話的同時，目光邊從線條柔和的椴木家具、水晶吊燈和波斯織毯移至剛步入大廳的倩影上。她將一襲秋香色穿戴身上，挽起的秀髮光澤如黑珍珠而柔暢如雲。當她展現初見面時的禮貌微笑，身子微微前傾連帶髮飾末端的小鈴噹鈴鈴響起。「美極了。」威廉不禁脫口。

由於腳步與嗓音皆細微得易被忽略，偶爾發出撞擊的墜飾顯得格外搶眼。

「她是我的堂妹，藍鸝。字面上的意思是藍色鸝鵡，所以會很多種語言，別以為她不懂我們在說什麼。」他注意到威廉看得出神，故意戲謔的問：「與你的芙羅拉比較呢？」

「比較什麼？」他壓根沒聽見藍鳶說了什麼。

「沒什麼，隨便講講。」

藍鸝保持笑容，未發表意見。她精確從看起來像幅畫的櫃子裡取出茶葉罐，舉止合宜優雅的奉上茶水。

「請用。」她端上茶杯時並沒直視威廉視線。

他啜飲一口，「好香醇的滋味。」

「本年新焙的東方美人，還有竹籠香氣呢。」已經退到藍鳶身後的藍鸝回答。

「原來你都把好東西私藏起來，」他接著問著藍鳶，「我從沒在你那邊品嘗過這種茶。」

「我擔心半發酵茶會誘發你水土不服。」藍鳶無奈地望著天花板。「我觀察過了，你從沒喝過紅茶以外的茶種。」

「半發酵茶又是什麼？」

他揮手示意，阻止想回答的藍鸚。「不行說，這是商・業・機・密。」

閒談之間，大門又傳來陣雞飛狗跳。她朝藍鳶看去，他依舊慵懶躺著，打算等客人自己進來。

遠方傳來飽滿的聲線：「任務終於派下來啦！」

因為一路在爬坡上奔跑，魁梧的客人先靠在台階的扶手大聲喘氣，一手捲握公文信封。有種稻穀曬乾的香氣，她在藍鳶耳畔悄聲說著。

「我們在客廳，這裡！」威廉喊聲呼喚。

「來啦來啦。」在藍鸚招待下，新客人大方坐於威廉身旁。

「他是我的副官，喬治。我不在隊上的時間，他身兼代理指揮官，非常盡責。」

「感謝上帝，你的假期終於結束。」挑眉的動作更突顯喬治眉骨高聳，與他人相較，喬治粗壯的骨架永遠大一號，「你再不回來，我老命都快沒了。」

「喬治，我們好像同年齡。」他輕咳示意。

「早不年輕啦，我老爹跟爺爺常說：三十歲時就對人生感到疲倦，四十歲後，只待蒙主恩召。」他牛飲茶水解渴，「對了，這位莫非就是我們的……」

「顧問，財務方面。」藍鳶搶先回答，接著邊微笑邊握住喬治結滿厚繭的手。「荷米斯，幸會。」

喬治狐疑地看向威廉。威廉若無其事地撥開耳邊的頭髮，他隨即會意。

「放心吧，在下與小威會誓死保障您的安全，特別是令海賊們聞風喪膽的威廉・德雷克閣下。」

「你幾時這麼多禮了？」喬治的昔日同僚冷冷說著。「我的假期真應該再延長一些，或許可以讓你繼續成長到獨當一面的程度。」

「聽這語氣，德雷克少校似乎狀況外？」喬治透出驚訝的語氣，拍著藍鳶肩頭，「他出身的家族，是當地最具影響力四望族之一，也是支持南隆灣穩定所不可或缺的力量。」

「荷米斯，原來你身世不簡單。」

「由真正尊貴的德雷克閣下口中說出來這樣的話，感覺好奇怪。」他聳聳肩。「何況，你的職位更讓我驚訝。」到此刻，藍鳶依然記不起那些星星跟橫紋代表什麼。

「德雷克少爺，您不會認為住在如此氣派華宅裡的，是一般民眾吧？看看這個、這個、那個、」喬治指著屋內各式他叫不出名字的裝飾性家具：比核桃紋路還玲瓏的鏤刻銀香爐、屏背鑲著的楠木虎腿荷葉交椅、托放琺瑯花器的梅花凳與金絲嵌多寶盒，甚至是慶祝登基五十年發行的女皇紀念瓷盤，老天，盤上的皇室徽章在他家鄉從沒人親眼看過！「還有這幅畫，怎麼看都是罕見奇珍。」

「這幅壁畫是動亂時從宮中流出的，」藍鸚也踱步到畫前仰望，剝落的顏料隱約可見袖帶翩舞，是位倒彈琵琶的飛天仙女，「老一輩的人相傳，將來畫中仙人會現身化解災難呢。」

「哄小孩的故事而已。」藍鳶的語調平淡接近冷漠。「災難降臨時，千萬別指望天上的奇蹟。」

「好了喬治，我認為我們應該把更多的目光放在公文而不是他人的收藏品。就讓我們來看看這次的任務是什麼。」威廉撕開公文彌封，快速掃讀，「噢，對方已經有三組艦隊規模了，任務是：掃蕩赤紅森巴海賊團。」

禁忌被大聲讀出的瞬間，厚重的黑紗蓋上兩位主人，連同後方好奇窺視的耳語、小孩打鬧和園丁修剪木樨的喀喳聲，全由靜默取代。

「老傢伙好像聽到風聲，最近異常低調，除了躲起來不露臉又接連轉移根據地，」沒察覺四周已經置換成黑白片氛圍，喬治繼續摸著厚下巴發表意見，「不過真遇上了，也有番苦戰呀。」

「就是苦戰，也要他們領受正義制裁。」威廉發現青脈又浮現在藍鳶眉邊，「怎麼了嗎？」

「沒……沒什麼……」

「別擔心，雖然有點棘手，我們足以對付。」他拍拍胸膛保證。

「唔。」喬治終於想起當地歷史與禁忌，卻更不好開口。

當詭譎氣氛悄悄蔓延，一句明快果決的「請讓我助上一臂之力！」，烈燄似照亮陰霾。

眾眼對焦處，剛締造傳說的佳人倩影緩緩走來。或要歸功於獨特香氛（主成分：陳年檀香，副成分：花露百種以上），她的登場總具備魔力，令他人不禁屏息等待她的發言。

「我名蘇曼伽，是荳蘭國商人的女兒。事發當天，我與姊姊想替家人祈求平安，卻在前往神廟路上遭受惡徒強擄。」

憶及不幸，蘇曼伽微蹙雙眉，卻非博取同情，而帶有無比的堅毅。

「原來是傳聞中的荳蘭國。」魔法古國的印象，使喬治更相信流星殲敵的真實度，「東荳蘭一帶出口的香料都非常上等。」他補充。

「讓我加入吧，那幫敗德者之中，不乏高位術士。姊姊一定還活著，我一定要救回她！」蘇曼伽急切說著。

「就官方調查，應該只有血腥司令擅長操弄黑魔法。」威廉翻閱附帶的說明文件。

「若僅有那老怪，我才不會輕易被捉走。」對於她輕描淡寫的自信，在場人士同感詫異。

「另外，將我解放的英雄，也在這裡嗎？」

威廉與藍鳶互視了一會，最後是藍鳶揚起手臂，深吸一口氣指向威廉。「是坐在那邊的德雷克隊長。」

她走到威廉面前，熱情地握住他的雙手。「請務必讓我加入你們的討伐團，當作是報答救命之恩！」

「別放心上，我的淑女，我只是做我該做的事情。」他禮貌微笑，「那麼，副官，你怎麼看？」

「我嗎？」喬治抓著他羊毛似的捲髮，他思考時的習慣，「如果是這麼漂亮的小姑娘，就算船上人心浮動，也無所謂吧哈哈。」

「嚴肅點。」

「你親眼目睹過她能耐，對吧？」

威廉站起，正色說著：「既然如此，假如蘇曼伽小姐不棄嫌，請您後天和荷米斯一起駕臨港口，我等竭誠相迎。」然後轉向安靜許久的藍鳶兄妹，「出發前這幾天，也請你們繼續款待貴賓了。」

「沒問題。」被無聲的陰影籠罩的藍鳶有氣無力地回答，勉強起身送客。離去前，威廉微笑著讓手上的三角帽輕輕落在藍鸚頭上。

「有機會再見，萊因。」

直到人走遠，耳邊又傳來小朋友斷句錯誤的背誦聲，她才意識到名字被他拼錯了。

第六話

古老又黑色的魔法，愛情。

「所以，接下來要大聲朗讀一次，」威廉捧著墨水尚未乾透的信紙，難得露出猶疑，「非這麼做不可？」

「非這麼做不可。」

「看著你讀？」

藍鳶隨手掇來面大鏡子，擺在胸前遮住自己，「那看你自己吧。」

儘管他本人尚沒查覺，但他可以保持局外人看戲心態的時間已經所剩無多了。

「好吧，那開始吧。」威廉輕輕喉嚨，彷彿她本人就在面前，等著傾聽。「吾愛芙羅拉，芙羅拉……」

說也神奇，芙羅拉竟悄悄浮現鏡中——茶色藤蔓似的小捲髮，安排妥當的五官總帶著體貼良善的笑容，英氣勃發的顴骨暗示她的主見，一切都栩栩如生，與他倒影疊合。

藍鳶朝上方擺動手勢，示意他繼續。

吾愛芙羅拉，芙羅拉：

失去妳的日子，總是超過我所能想像的日子難熬。晴天或雨天，滿月與弦月，齋期與狂歡節，我的雙眼總浮著層灰色的泡沫，清除不去。而那些往昔，昨日星辰，卻比每一個今天與明天都還真實。如果可以，我願活在過去而不走出有妳的花園。

一切都在更糟，曾以為現世乃正午的赤豔惡陽，但現在才了解，原來屬於我的處境是永夜的無盡冰原，永夜。

芙羅拉，當妳閱讀此信時，假期結束的我已離開新十字的校園，重回凶險未卜的大洋之上。儘管海上從不太平，或許痛楚能讓我稍微體驗真實也不一定。

我是如此渴望成為妳的澤菲爾，喔仁慈的妳，也請再寬裕我一些時間，我將盡快飛到加爾各答，來到妳身邊，只要父兄達成打通東方航線的目標。

小威

「真抱歉，忝為朋友，卻無法帶給您好心情。」藍鳶臉色一沉，鞠躬道歉。

「別這麼做，這不是你能解決的問題。唉，算了，以後你就懂了。」他嘆氣，放棄解釋，注意力重置回那張信紙上。「你要摺成什麼形狀？」

「紙鶴。」

他曾企圖摺成老鷹翱翔的姿態，但放棄了。反正都是鳥，紙鶴也好。

「她喜歡花，可以摺成花嗎？」

「……我只會摺紙荷花，而且那需要很多張信紙。」

「讓我來。」

他拿回紙箋，沒幾下已完成一朵精巧的百合花；完美的輻射對稱，毫不誇張，沒有一道摺痕是歪的。

「了不起。」

尤指此項事實：精通紙藝和斬斷鐵甲冑的是同一雙手。

下一位。

「收件人常抱怨看不懂我的字，也就是說，太醜啦！」喬治抓著他的頭上捲毛。由於這習慣，他很有可能在未來聰明絕頂，也就是說：頂上無毛。「方便代筆嗎？」

「當然，沒問題。」

老婆大人：

謝天謝地，我們的德雷克少爺，小威終於回來了。既然正牌衝鋒隊長回到崗位上，我想，我也可以安全幹到退休了吧。希望他老毛病不要，或不要那麼快發作就更謝天謝地啦……

第七話

晨光穿過百葉窗，使得牆面的落漆和水漬痕跡更加顯眼。而駐足在覆蓋層閃亮薄膜的狹隘客房裡的，是更加閃耀的身影。

「早安，」她穿著件紗麗，靛青漸層；印度款式，本地藍染，「感覺好些了嗎？」

感覺？他撐著沉甸甸的腦袋，懷疑裡面可能盛著一段冰河，陣陣劇痛。

「不太好……」

蘇曼伽淺笑著，關懷與取笑各半。「酒量真不好。」

「聽起來妳很擅長。」他斷斷續續發出呻吟。

她掐指計算，保持不輕易正面回答的神祕作風，「好酒沉甕底，到時候你就知道了。」

「所以現在要做什麼？我在哪裡？」

他懷疑自己依然置身夢中，隨時會跳到另一個場景。若不是夢境，她怎麼會出現在眼前。

「小酒館的二樓客房。」蘇曼伽隨手取下牆上的一對人臉面具，輕輕呵氣吹去輪廓上的灰塵，輪流掛上哭臉和笑臉，「你瞧！真異國情調。」

她顯現那年齡該有甚至更多的好奇心，不停探索未知事物。

「酒館？」

五官像山嶺起伏似的誇張雕刻終於串起記憶之線；酒吧，就是酒吧，還有再一杯老闆。

歡迎光臨，思念人酒吧。

這裡的光線是黯淡的，桌椅是中古的，木料是白蟻啃蝕過的；但千萬別以為這兒賣的盡是些劣質糟粕。雪莉酒、龍舌蘭、伏特加或香甜奶酒，應有盡有，更別提外面那排嗆辣的野牛草馬鞭草種種香草可不是純擺飾。讓老闆用粗壯的大拇指截一段香草到杯底，杯沿再抹上圈礦物結晶。啊！費洛蒙（植物性）和淚水，不正是思念的味道。

若是興致來了，且客人的杯子都已添滿，這位顧客們口中的「再一杯老闆」還會從牆上取下樂器，或是來段里斯本法朵式哀傷小調，或隨著輕快的手風琴和微醺的客人踩著凌亂舞步。

再一杯老闆圓鼓鼓的啤酒肚是樂器最佳放置和共鳴裝置，人們還說隨著他頭髮日益稀疏，樂曲的純度又提升了不少，但要完全不走音，恐怕要把那圈茂盛落腮鬍剃乾淨才成。當然啦，以上評論全是瞎扯，哪有人上酒吧是專程看他表演。

雲朵也懶得移動的滯悶傍晚，整片緋紅的制服更顯得鬧哄哄：這些外地客人前天才剛靠岸玳瑁港沒見過世面的大大小小現在可擠滿港邊，爭先恐後評論那些巍峨戰艦。

踹開的推門帶來短暫而詭異的靜默。

「騙徒，滾出來！」魯莽闖入的幾個壯漢，一領受到軍官們不友善的眼神立刻收斂口氣，

「請問有看見一個留八字鬍戴單片眼鏡的中年人嗎？我們有些財務問題尚待釐清。」

「用你的眼睛好好尋找吧。」站出來的是喬治，他魁梧的身體像面牆幾乎擋住入口，「最好在弟兄們不耐煩之前。」

「抱歉抱歉，」識趣的闖入者隨便看看以交差，小心翼翼退出酒吧，「不打擾了大人們的歡樂時間了。」

紛爭解決，喬治沒回到原先的朋友群，而是來到藍鳶旁拉椅子坐下。他沉寂的模樣看起來已枯坐整天，古老遺跡似的；事實上，只比那夥追債分子的腳跟早來幾秒。

「那些人不是幫賭場圍事的小混混嗎？真意外啊，根據威廉對你的描述，你應該不太喜愛涉足這種複雜又鬧轟轟的場所，像是賭場跟酒吧。」

「工作與委託，」藍鳶掀開斗篷，抖掉臉上的蛤蜊殼和一小片海草，眼角掃過牆角那桌的傑瑞和漢克，「以牙還牙，連本帶利的替你的弟兄討回公道。」那兩個剛被詐術騙光錢財的倒楣賭徒，在他凱旋歸來之前臉色難看宛如世界末日，現在則笑開懷。

他雖然得承認，自己常常有種抗拒陌生環境和陌生人的傾向，但對財富就沒那麼抗拒了。藍鳶從口袋掏出兩個裝得鼓鼓的小皮囊，不走運的傑瑞和漢克立刻對他又抱又跳。

得手的銀子，即使扣掉物歸原主以及包下整個酒吧的部分，依然多得不知該怎麼花掉才好。藍鳶思考他在那裡露出破綻讓賭場人員發現他使詐。是因為做的太過火，引起高手注意的嗎？還是他們只是起疑心，但自己過度緊張的神態露出馬腳？

喬治跟老闆要了兩杯黑麥酒放在自己跟藍鳶面前。「雖然這麼說可能有點不洽當，但我寧可在你平安回家前都是處理這些不正經的任務啊。」

「放心吧，副隊長。」他自嘲，「關於逃跑，我經驗豐富。」

「那還真是……令人信任，由衷地。」喬治聳肩。「我們靠岸也三天了，威廉有沒有帶你到處晃晃？他來過這裡很多次了，應該知道哪裡有好吃的好玩的好逛的。」

「似乎是公務纏身。」

「看來工作比預期還要麻煩。」喬治慣性捲著頭髮，「那……那個叫蘇曼伽的外國女孩呢？你們都是同行，應該有很話聊吧？」

「我不知道她去哪裡了……大家都是大忙人。」他臉上閃過一抹灰暗。「而且就算是同行，也不見得就能相處得來。」

多虧威廉的威嚴與他職業對外人而言的神祕，離開銀史密斯學院以來的這段時間他不曾遭遇言詞尋釁。另一方面，他依然與人群維持距離，換句話說，固定交談的對象不超過五人。或許，是時候練習與他人正常的來往；他不自覺看著地板與腳尖，這兩樣東西總比他人的臉孔來得親切。

而從蘇曼伽頗受歡迎的情況而論，疏離與否，顯然不是職業特質而是個人本質。打從南隆灣港出發以來，不是她繞著別人轉（特別是威廉），就是別人繞著她轉（特別是那個藍鳶總忘記名字的船醫），但她從未讓他進入旋轉的圈圈中。但這能怪誰呢？是他自己把救命恩人這個功勞推給威廉，讓自己成為路人。

太好了，你難得自己做決定，然後搞砸。藍鳶對自己說著。

「理所當然，那小姑娘很受歡迎呀，現在不知又被那群時髦的傢伙們帶去哪個時髦的地方了吧。」喬治理所當然的爽朗大笑，「沒關係，那歡迎加入我們超沒營養的垃圾話題，如果你不介意的話。」

無論大小事情，喬治總表現得像個歷經風浪的老船長般泰然。大部分的時候如此，但如果把他灌到十分醉，還是會忽然跳出類似「泡在鹹魚味裡的城市小鬼式的自以為是」這款充滿主觀情緒的字眼。

「這正是我現在最需要的。」覺得喉嚨太乾，藍鳶又牛飲幾杯啤酒。真不懂這東西苦澀的要命，到底什麼使人著迷？

「我聽威廉說你不喜歡酒精類飲料，看來你改變主意了。」

「畢竟我屬於酒量天生普通的民族，不是嗎？但凡事總有例外，今天就隨便吧。」

「哈哈，相信我。這玩意兒能讓你長胸毛！既然你有興趣，那讓我來野人獻曝，給你簡單的飲酒文化介紹。」

喬治從吧檯抱來一大堆杯子，琳瑯滿目。

「首先一定要介紹經典款：鬱金香型酒杯。短腳球身，喇叭狀杯口，容量大，泡沫多。你一定常看到。」

「有，在市區的酒館和鄰居家裡都見過。」

「高腳杯，」精巧的高腳杯在他又大又厚實的手掌上，像個玩具般，「類似紅酒杯，長杯腳可以避免手溫加熱，相同原理還有修道院啤酒系列的杯子，真是上帝也瘋狂。」

喬治接著推出瘦長的杯子，「至於這類窄口又拉長的杯子，就是設計來保留氣味和觀賞泡沫的視覺效果，像這比爾森啤酒杯和長笛形香檳杯，特別適合夏季水果啤酒。但這類的酒太甜了，我不欣賞。」

「原來分類這麼詳細，真厲害。」

「哈哈，和小威一起研究的，否則海上這麼無聊誰坐得住。最後就是啤酒壺啦！把手一樣是避免掌溫加熱。好了，美酒的滋味就跟布丁的滋味一樣，不親自嘗嘗怎麼證明？來，我們通通喝一輪。」他和藍鳶對敬一杯，咕嚕咕嚕牛飲而下，最後一口特意放慢速度，「乾杯，男子漢。」

「呼哈。」他又是喘氣又是打嗝，呼吸道好不忙碌。

「爽快吧，要不要再一杯？」

「布丁的滋味，我怎麼能拒絕？」他倒懸空酒杯在頭上轉了幾圈，「再一杯！」

「漂亮，今天都算我帳上。」喬治又搬來幾杯滿溢的啤酒。「小威的兄弟就是我的兄弟，你平常都太拘謹了。」

「有嗎？」他覺得杯沿的線條開始起毛邊。「這棕色的是艾爾嗎？我覺得比黑麥酒還要順口。」

「不賴吧。」喬治把酒杯湊近鼻子，猛力吸幾口。「比起拉格有味道，又沒黑麥酒那麼濃稠。」

就在藍鳶面前的空杯與積越多，啪的一聲桌子被拍出巨響。接著藍鳶倏然站起，被震起的酒杯們四面八方飛旋而去，酒花則以低倍速撥放的模式在空中綻放。

「乙醇版本的太平洋熱帶旋風，滿潮之月是偷窺者的單眼鏡片，麥梗之路即賢者之石，而世界之樹建構在五百種葡萄藤的夏日幻夢！」

大概那刻起，他開始不省人事。

是這樣嗎？藍鳶望著蘇曼伽，感覺腦袋瓜中的冰塊還在旋轉。

「不只呢，」蘇曼伽搖搖指尖，「你還把方圓百步內的所有不含酒精的液體，通通變成黑麥啤酒。街上都滿溢著氣泡，光鼻子聞就醉了。」

「慘了，希望沒造成大麻煩。」他滿懷罪惡感的抓著頭。

「正相反，大家都樂的很，意外的狂歡節。」

她把掌心按在他額上，說也神奇，宿醉的疼痛感就這樣消退。

「好實用的魔法，我也想學。」

「能替我解開禁錮的傑出魔法師，怎麼可能不曉得解開宿醉的咒語呢？」她似笑非笑看著他。

他楞了一會兒。「妳怎麼知道的？」

「果然是你！」她拍手。「德雷克先生確實是非常優異的將領，但他在魔法方面的天賦與他的統帥才能天差地遠。他沒有辦法解開那個封印。其他像丹迪、法洛和路易斯那群講究生活品味的紳士們也沒這種天賦。」

「不說這個了。」他心中默誦消除紅耳根的咒語，希望自己不要流露出滿滿的尷尬。「妳怎麼會在這裡？」

「喬治跟我說你一直在抱怨一個人很無聊，但他今天有公務無法當保姆。」

「保姆？他真的這樣說？」

宿醉鞠躬下台，換另種情緒掌控思緒。在這一刻，羞愧得無法自容的藍鳶拉起棉被把自己包起來。

過了許久，外界卻毫無動靜，藍鳶只好找尋縫隙窺視；他發現裹在身上的是條百衲被，桔梗、長頸鹿與菱形比鄰，一貫的拼湊風格，邊界縫合處都是孔隙。只見蘇曼伽兀自把玩房間的擺設，其中掛在牆上的一副哭臉笑臉面具特別吸引她的好奇心。

蘇曼伽把哭臉面具掛在臉上，轉向棉被堆中的藍鳶。「所以，你那時候到底為什麼不承認就是你救了我呢？這種事情到底有什麼值得糾結？難道你們當地有獵殺巫師的風俗？」

「沒這回事。」他在黑暗中思索如何簡要說明他的荒謬求學史，但他越是回顧鬧劇般的人生，越覺得難以坦率面對，最後變成一句自暴自棄的快速低吼，「反正彆扭如我就是永遠學不會跟他人正常往來的方式。」

「不會呀，我覺得你的反應非常有趣。」她換上另一副笑臉面具，「不像其他人，總是假裝一切都在自己掌握之中。嗯……應該怎麼說去了……對了，就是『大人的樣子』！」

「……反正我就是沒有大人的樣子。」他把自己包得更緊了。

蘇曼伽噗哧一笑，「『大人的樣子』超無趣，有什麼好值得驕傲的？」眼看棉被堆毫無動靜，蘇曼伽忽然靈光一閃。「你想要知道解除宿醉的咒語嗎？我聽說你們那邊有種魔法可以把自己變成動物。不然，我們來交換吧。」

學術交流永遠是個堂皇的好藉口，藍鳶順勢走下糾結的閣樓。「話說前頭，這是個高階的技藝。高階的意思就是我其實還做不到。」於是他一五一十把教科書上的咒語背誦出來。

「如此如此，這般這般……」蘇曼伽閉目沉吟數回，忽然一個後空翻。再落腳時，已經是一隻毛茸茸的灰藍色短毛貓。

他瞠目結舌地看著她的成果（此刻正在舔毛）。那是個畢業前沒有任何人完成的魔法，儘管克萊兒宣稱個人練習時偶然成功過，但沒有人親眼見證。

由蘇曼伽變成的短毛貓以正常貓不會有的幅度搖晃尾巴，好像孩童興奮摸索剛得手的新玩具。「真有趣的魔法，我回去也要教我的朋友們。」

「是吧，很有趣吧。」他乾乾笑著。

「既然你都起床了，可以陪我去一個地方晃晃嗎？」蘇曼伽跳到床頭，磨蹭他裝賭場贏來的彩金的袋子。

「好哇。哪裡來的哪裡去，我們就在這裡把這些錢花光光。」

「太好了。」

她一聲歡呼，向上一跳恢復人形。這個舉動再度讓藍鳶大吃一驚。他甚至還沒教她解除變身的方法。

「怎麼了？」

「妳怎麼恢復的？」

她低頭想了想，然後指著太陽穴。「直覺。」

他忽然理解，為什麼同業間總要發明各式密碼來隱藏自己的知識。忌妒的果實太酸澀，比魚刺難入喉。

「除了解除宿醉的咒語，為了報答你的救命之恩，讓我再給你一個禮物吧。你有想要什麼東西嗎？」

「但是，妳現在不就正要拿我的獎金去逛街嗎？」

「我……」她脹紅臉，「那是現在。等我回家，你想要什麼金銀財寶，我都找給你。」

「妳的家族，到底是經營什麼大事業？」他好奇探問。

很長段日子中，所有的人都相信她臨場編出的謊言：海上經商人家的女兒。如果是初次見面的場合被問到：

「你們家的主要貿易項目是什麼？」

「九國賣大象。」

「啊，聽起來非常有潛力呀，真希望將來有機會合作。」

舉凡這類對話，一再證明了美女之前，血液都忘了要流到腦袋去。

「謝謝妳的好意，但我沒有特別想要什麼東西。」

「才怪，你離無慾無求的階段還遠得很。」她挑眉，「請你認識自己，面對自己的慾望吧。」

慾望這組詞彙由荳蔻年華的少女說出，更顯得誘人。他尷尬望向窗外，試圖用平凡的景色來中和悸動。

「沒問題，我會列入行事曆中。」

「很好。我先下樓，等你刷牙洗臉，整理儀容完我們就出發。」

直到蘇曼伽隨意哼唱的弦律遠去，藍鳶才轉回視線，瞥見她最後一秒的背影。但她留下的香氣依舊濃郁如太妃糖。

藍鳶吞了口水，開始想著他想要什麼，而什麼是他能開口要的。

正午前的酒吧難得地空曠，本該顧店的酒保也不知哪去了；除了蘇曼伽所坐的板凳，其他椅子都倒置桌上。

「走，我們去找個大賣家。」她迅速換上自己的笑臉，「賣方是本地的最有錢人家，而真正的奇珍從不放在拍賣場，內行人只能親自到府上鑑定。」

她接著拿出件亞麻對襟米白色上衣，當地人會穿的款式。

「順道一提，據說這位有錢太太對外國人士過敏，還好我們都有東方輪廓。」
「是這樣？」
「所以趕快換成當地人打扮吧。」
琢磨了老半天，他終於把讚美從喉嚨深處推擠出來。
「妳穿紗麗的樣子好好看，我喜歡青石色。」
「真的嗎？」她在勉強看得見倒影的窗前旋身一周，觀察自己，「還有更漂亮的呢，有機會再穿給你欣賞。」
不論根據哪種審美觀，他都不認為蘇曼伽的輪廓屬是東方型，至少那鑲著土耳其石般的碧藍瞳孔就不是。但因為她的自覺如此強烈，比人活著就是要吃飯喝水還自然，誰都得配合承認。
連有錢太太的門房也不疑有他，順利放行。雖然藍鳶依舊認為不歡迎外國人這條規矩是蘇曼伽聽錯了，她常常把聽不懂的話解讀到另一種完全不相關的方向；做生意，從來只對沒錢的窮鬼過敏。
而這位有錢夫人的莊園也大得讓人開眼界。原來包圍在玳瑁港周遭的林地全在有錢太太勢力範圍，而鎮上人口大半替他們家族效命，另一半則間接為有錢太太工作。
簡言之，超級富裕。
千萬別誤認有錢夫人是保守的土財主，相反的，她心胸敞開，擁抱文明洗禮，園裡三棟宏偉的磚造建築就是最好的例證：蒲葵與蕉葉叢中的哥德式、文藝復興式和巴洛克風格。雖然大部分的時間裡，多數人還是待在木造或竹製的屋頂下；畢竟這裡是熱帶，住在會呼吸的房子多舒爽。誰說有機物組成的建築就不能奢華呢？瞧有錢夫人安坐其中的涼亭，金碧輝煌的像座神廟。

「終於到了。」他估計從入園開始算起，又是渡河又是騎象，莫約耗時一個鐘頭，「究竟是什麼珍藏品？」

「珠珠。」相對藍鳶舉手投足的謹慎萬分，她從象背返回地面的熟練彷彿她素日就在象背上活動。

「原來妳也喜歡收集玻璃珠。」

「什麼是玻璃珠？」蘇曼伽好奇發問，「珠珠不都是珍珠嗎？」

「噢……」大概她所在的地方沒有玻璃珠吧，他假設，「話說一路走來，好多猴子和大象的浮雕與石像，難道是當地的幸運動物嗎？」

「那是哈奴曼與嘉涅薩，」她親切笑著，「我們的神。」

「年輕人，快進來吧。」夫人雍容搖晃扇子。

初次見面，很難不注意夫人略為寬闊的下頷骨，再來是纖細的脖子，除此之外，不算年輕也沒年紀，她的外表不透漏年齡。

「打擾了。」蘇曼伽雙手合十，從容行禮。

夫人咯咯笑著，「沒的事，咱竭誠歡迎。」她又看了一眼什麼動作都慢蘇曼伽半拍的藍鳶，

「這位是……」

「一個女孩在外活動，身旁有個朋友照應總比較安心。」她把財主稱作保鑣。

他嚥了口水，因夫人身上近似貴腐葡萄的體香而分神。

「也對，」莊園主人嘆口氣，「這玳瑁港也早不是往昔那單純的小漁村了，各色各樣的人都有，誰分的出是好是壞？」

主客就位，傭人再點燃一片驅逐蚊蟲的菸草葉。軟玉織成的坐墊涼爽又不僵硬，橫隔兩方的大圓桌沒太多加工，神木切面直接磨平拋光而已。

「那麼，是要看這件吧？」她掏出只精巧的小錫盒，打開後擺在桌上。

「只是單顆珍珠嗎？」他感到詫異。

感覺就是一般的珍珠，頂多輪廓漂亮些，色澤又飽滿點。

「噢，這當然不僅僅只是顆珍珠。」夫人把瓷杯罩在錫盒上，只透出條小縫，「瞧，裡面是什麼？」

該是虛無黑暗的杯底，隱約滲出幾許青瑩色調。

「不論鑲在耳墜或項鍊上，都能使妳成為晚宴耀眼的星星。是不是感覺到有股魔力呢？」

「我想要，您想要多少賣呢？」蘇曼伽語氣堅決，她打聽消息知道有這樣顆會發光的珠子就傾心，目睹後更非擁有不可。

「你們能出多少呢？」

「就這麼多了。」

他把那些昨天從賭場「贏」來的錢通通擺在桌上。

「這樣吶……」有錢夫人撐著頭，指節邊敲著桌沿；她想起長老的交代：這珠子潛藏的魔力容易惹禍上身，最好快快脫手給外地人。「成交！」

「太好了，謝謝你。」

蘇曼伽燦爛笑著，迫不及待接過錫盒，一下雙手搗起來窺視珍珠的冷光，一下擺在陽光下欣賞折射而出的七彩光暈。

「嗯？」低頭數銀幣的夫人沉吟幾聲，隨即和藹看向藍鳶，「原來您就是昨日光臨咱們娛樂場所的傑出魔法師，比我想像中還要年輕呢。」

「咦？她的意思是……」蘇曼伽轉頭睜大眼睛盯著藍鳶，「你也去了那種只招待男性的『娛樂場所』嗎？」

「我想，兩位恐怕都有什麼誤會。」

「怎麼會呢？」夫人不慌不忙喝口茶水，「昨天我還責備小兒子，竟然連一個小小鋪子都顧不好，別人三天才賺到的錢他一個下午就賠得精光。沒料到這些損失現在都回來了，果然是怎麼去的怎麼來。」她朝藍鳶眨眼，「構成世界的法則真是神奇，魔法師你說是不是？」

「唉呀，真感到抱歉。」

他搔頭，思考接下來該如何脫身，以及是不是該把夜光珍珠歸還女主人比較妥善，但瞧蘇曼伽那愛不釋手的模樣……

「沒的事，僅僅一點小錢，何必在意呢？」她以扇掩嘴咯咯輕笑，「只是……如果年輕魔法師能再替我解決個小煩惱，咱們這樁因緣就更圓滿了。」

「當然，在能力範圍內。」

她朝著亭外旖旎的初夏景色喟然長嘆，「儘管從未行動，但我丈夫心中卻住著另一個人。最近我常想，如果世界上真的有愛情靈藥，是不是我就不用繼續作猜疑與忌妒的奴僕呢？」

「您要他重新愛上您嗎？」

「我要他不再愛其他女人。」

「我明白了，等靈藥配置完成，稍晚我會寄送過來，請留心空中飛翔的紙鶴。」

希拉的愛情靈藥配方：

發芽馬鈴薯與龍葵鹼

黃麴花生

海洋弧菌汙染的龍蝦螯……

「接下來，要去哪裡呢？」

離開宅邸時已經避開了正午烈燄，街道再度活絡起來。有店鋪的商家吆喝來往各色行人：高禮帽或纏頭巾；或者無畏塵沙飛揚，身體一蹲，貨品攤開也可以做生意。

「隨意晃晃吧。」蘇曼伽目光在各色商品間不停流轉。「似乎是剛剛變成貓的影響，我現在好想吃魚。」

他鮮少與人並肩上街，特別是異性。該走前面領路還是安靜跟在後頭，擋在車輛經過的那側會不會太刻意，這些都足以構成問題。擁擠的人潮同時值得煩惱，他擔心下一秒她就會被沖散。真麻煩，他為什麼要在意這麼多？果然還是單獨行動比較自在。

幸好她沒查覺他的笨拙，琳瑯滿目的奇珍緊緊吸住蘇曼伽注意力：光滑的玳瑁殼、鱷魚皮、海蛇蟒鱗、海狸毛氈與獨角鯨的長牙。堆疊的椰子像座矮牆，頭頂的牛奶在東邊換成一袋泰國米，到了西邊又換成一盤紅毛丹（附贈中國瓷器仿製品）。

這兒的交易都經深思熟慮，雖然招喚咒語已具雛形，名為「衝動型購物」與「創造性需求」的雙胞胎尚未臨世。

瀏覽的眼神一旦和被觀察物對上，觀察者隨即成為景象的一部分。年邁而佝僂的吉普賽婦人像浮雕從背景冒出，流利穿越重重人潮走向蘇曼伽。

「噢不，和占卜師對上眼了。」

藍鳶正想敦促蘇曼伽快步走開，老婦已經攔住去路。斑斕的民族服裝：橙色罩袍與紅黑斜紋、水藍色流蘇頭巾、大圈耳環與叮叮噹噹的鎳幣項鍊等等，增添強烈無法忽略的存在感。

首先，她分別遞上朵盛開的白色仙客來（而他之後將後悔當時沒多看幾眼這朵小花）。

「尊貴的小姊，想知道前方有什麼美好事物正在等待您嗎？」語氣透露出些微屈就。

「哦？未來該如何窺視呢？」

吉普賽老太婆伸手就要握住蘇曼伽，她敏捷避開，神祕笑著。

「尊貴小姐的掌心也是尊貴的祕密唷。」

「恕老身僭越了，僭越了。」老太婆訕訕退後些，又從披風中拿出一副沾染石灰粉的紙牌，「尊貴的小妹，想知道紙牌裡有什麼祕密嗎？」

直到這段落，心不在焉的藍鳶繼續琢磨思緒。他找到一個罕見的癥結：他為什麼特別在意她的感覺呢？是畏懼，他大概太害怕蘇曼伽生氣了。仔細回想，似乎每個人與她往來時，過度的禮貌都帶點阿諛味道。畢竟這位妙齡少女兼具了頂尖火系術士的身分。

蘇曼伽隨意抽張牌，「這代表什麼意思呢？」她把牌面轉向藍鳶。

高塔，逆位。

「今天不是占卜的好日子，我們走吧。」腦袋忽然清醒。

藍鳶終於忍耐不住老太婆臉上不安好心的表情，掏出些小錢想打發老太婆，不巧給錢的時候又碰到那該詛咒的牌組，不慎又掉出一張聖杯八。

「真哀傷呀，過往的小徑不堪回首，真猶豫呀，而前方的道路，怎麼取捨都叫人遺憾，怎麼選擇都顛簸不已。」

「不，這牌的意思是朋友正在酒吧等我，失陪了。」

預言也好，烏鴉嘴也好，當機立斷先破解再說。他拉著蘇曼伽快步離去，直到三個轉角後才緩下。

錯覺嗎？藍鳶總覺得瞥見占卜師的最後一眼，她抖擻的模樣完全不像個駝背老女人。

但藍鳶終究不會發現，是她予他機會牽起蘇曼伽，而蘇曼伽也沒立刻鬆開。

「所以那張牌，究竟是什麼意思呢？」她不甘心繼續追問。

他指壓唇邊，擺出噤聲的動作，「小心，好奇心會害死一隻貓。」

忽然，「誰偷走了你的乳酪？」鏗鏘有力的宣傳口號和奇異的景象讓兩人停止話題。

「誰偷走了你的乳酪？」

社會運動者的聲線像口枯井，在這聒噪的廣場中不特別震耳，卻深邃得總會讓你聽見。

「搶匪，搶匪！有許可證的海盜是搶匪，不需許可證的商人也是搶匪！那些海上乘船的，除了捕魚之外，所有的勾當都見不得人，他們都是賊！」

社會運動者右手揮舞（手背無意露出的薔薇刺青令他不禁多看幾眼），接著傳單像雪花灑落半空，每張都不偏不倚漂浮在圍觀和路過的民眾面前。

「不要信任陌生人，他們只想騙走你們手上的東西，用自己不要的垃圾來交易！」環顧聽眾後，發現有人與自己膚色相近的社會運動者指向一個年輕水手，「瞧，可憐的小夥子，你為什麼淪落到這千里之外的異邦，還不是他們用重稅和法條逼人不得不跑海賣命。你的弟兄在印度死於霍亂，朋友受不了敗血病折磨而跳海尋求解脫，你為什麼不憤怒？你以為你替自己工作，實際上卻與奴隸無異！」

「我天生就喜歡冒險！」被點名的觀眾出聲辯駁，「別像我媽一樣碎碎念，拜託行行好。」

「人們以為自己的性格是天生的，但創造出你個性的環境卻不是你能選擇。那些由歷史、過往與傳統所轉移與賦予的性格，你自以為的天生一點都不自然！」

「女士，妳成功了，成功讓我懷疑這不是我的母語。」

「藍襪子小姐，你家開水燒開啦，快回廚房吧！」從群眾之一冒出的嘲諷，引起一陣訕笑。

「我只可惜當年沒直接把你丟進沸水裡。」反擊使氣氛更加鼓譟。

激昂的爭論中，蘇曼伽在藍鳶耳邊輕聲說著：「也是個厲害的魔法師呢。」

「呣，不知是哪個學院出身的。」

他透過傳單，儘量禮貌且合宜的打量演說家。由於高挑的比例和高聳的額頭，站在木箱上就有聖壇的出眾效果，削直的鼻翼與稀疏眉毛顯得俐落；捨棄馬甲、長裙與漂亮髮飾。她的形象便是一身工作服與簡單馬尾，筆直僵著背脊的狂熱宣道者。

一般說來，不會用美麗或漂亮等辭彙形容她，但某些角度卻有種韻味，讓人不禁留意。

「真受不了，連這種小地方都有反政府言論。」

不耐煩的語氣，插入兩人竊語的的正是——

「真巧，竟然遇見了，威廉。」

「你們兩個跑哪去了？整天都找不到，而且……」他無法理解地打量藍鳶和蘇曼伽的扮相，「還穿成這樣。」

「入境隨俗而已，」他從口袋抽出條赭紅手巾，輕輕抖落後恢復成他那件紅色披風。「對了，我們兩個剛剛討論了一下，實在無法這些辭彙代表什麼含意。」藍鳶指著宣傳單上的解放、剝削、上層結構等等字眼。

「沒什麼值得解釋的，」威廉順手揉成一團扔的老遠，「唯有軌道，避免翻車。」

「噢，好的。」藍鳶察言觀色的改變話題，「找到失蹤的市長了？」

「是啊，」他加重口氣，「說受到海盜攻擊而請求支援，結果什麼也沒有，正常的很，只有他不見人影，你猜他去了哪裡。」

藍鳶聳肩。「他去了哪裡？」

「我猜猜，是不是和情人吵架了？現在正跪在陽台下面乞求對方的原諒呢？」她插話。

「不在市長夫人那邊。明明風平浪靜卻不在市政大廳，原來是他偷偷帶一小群人躲進碉堡，還斷絕外界聯絡。」威廉暴躁的抓著頭髮，「不知道在搞什麼東西！總之，跟我一起去找他討個交代吧！」

第八話

若我們安安穩穩坐在蘇曼伽的魔毯，或雙腿發抖顫慄地踩在藍鳶的長杖上俯瞰，會看見一道黃金比例的弧形連結兩道高聳的高崖，稱為玳瑁港的地方就坐落在海灣中央。

崎嶇破碎以至於唯有信天翁與海鷗可以築巢的另一邊先不說，南側的至高點自然成為軍事要塞：東荳蘭貿易公司重金投資打造，搞丟者全家倒楣。

樸素白花崗岩堆砌而成的星形稜堡和珊瑚石灰岩為主的環境渾然一體，就像灑幾顆胡椒粒在芝麻糊上。通往城鎮的山徑方向還建構了一層外城作為防衛，砲口四面八方，毫無死角的對準任何可能進犯的敵人，管他海盜、其他企業武裝甚至是大公的海外艦隊。

但現在可不是難得的承平時光嗎，只保留最低人力需求來負責固守，小貓兩三隻。也因為守衛就那幾個人，戴維斯先生「閉嘴」的命令輕易達成封鎖消息的效果。

「這附近一帶，風平浪靜的很吶。」威廉直盯著戴維斯先生，「您信中所說的『重大危害』究竟是怎麼一回事？」

不受質問的空氣影響，同行的兩位隨從繼續好奇觀察周圍。

儘管外觀不顯眼，做為戰時供議會臨時使用的會議室裝潢一點也不馬虎，氣派又精美的長桌、沙發和壁爐等應有具有，牆上飾以掛毯與閃亮銀座燭台。

「該如何解釋呢……」

所有老年階段的早發特徵，都可在戴維斯先生身上發現：髮線稀疏而撤守、永遠從鼻梁溜下的金框眼鏡、混濁的水晶體和心智以及連吐出的空氣都要受感染而遲滯的保守思想。

「我明白隊長的首要任務是打擊海盜，而我指的重大危害雖然不是血腥司令，也確實是個重大危害。」

「哦？」他雙手環抱，壓抑不耐等待答案。

「讓我想想，該從哪段開始說起好。」戴維斯先生替自己倒滿一杯奶油雪莉，喚醒昔日酸甜記憶，「當年我十七八歲，待在拆船廠當個記帳士，很年輕就結婚了，喔那年代大家都那麼早結束這檔事。詩蒂爾頓，我妻子，雖然沒受過什麼教育，毫無疑問是個理想伴侶。

但是，唉，人生就是有這種『但是』。好景不常，在詩蒂爾頓偶然接觸一個名為『莎芙太太』的祕密結社後，我們的田園牧歌開始走調。原本的詩蒂爾頓家事之餘的閒暇時光就是看天空和禱告，在那之後她卻開始沉迷那些奇奇怪怪的書籍和符號。最後，願天主憐憫，我善良單純的妻子竟然變成傑出的魔法師，都是莎芙太太害的。

還有什麼比枕邊人忽然擁有強大力量這件事情更令人恐懼呢？於是我瞞著妻子加入貿易商隊，倉皇離開故鄉，並謊稱死於海上意外，隱名埋姓直到現在。唉，我的摯愛，即使我那時能留給她的財產太少，相信她可以靠自己生活得更好。」

他談話時習慣擰住眉頭，意圖強調他所剩無多的誠心

「所以？」

「如果有偶然，我詛咒偶然，如果有巧合，我詛咒巧合，」戴維斯先生謹慎繞視周圍，「天知道她要環遊世界還是被流放到下面，總之，她來到東方海域徘徊不去，而且現在人就在玳瑁港！我可不能讓她瞧見亡故三十多年的丈夫，絕不。」

「真是艱鉅的任務，然後呢？」

戴維斯先生清清喉嚨，拿起手巾擦拭嘴角，「以維護正統之名，驅逐女巫詩蒂爾頓。」

這席話，把所有人的注意力通通拉到眼前。

「收起毫無同情的眼神吧，諸位。我大可加油添醋來煽動你們，比方說這女巫專挑沒人在乎的流浪漢下毒手，作為惡魔獻祭或用人油做蠟燭之類的。」他攤手，「我沒打算傷害任何人，只想避開尷尬而已。」

「大費周章的求援，就為了這件事情？」威廉挑眉，差點就要拍桌，「你的警備隊呢？他們無法執行這種簡單小事？」

「你說警備隊？」戴維斯先生壓低音量，用氣音說著：「他們除了在鎮上白吃白喝跟佔女人便宜之外還能做什麼？簡直一無是處啊。」

「好吧，聽起來似乎是您私人委託，所以這趟任務到目前為止的花費，我認為需要由您私款

支付。況且，我沒有義務完成您後續的私人請託。」

「天經地義，不過我還可以再加碼……」戴維斯先生畢竟沒外表那般顢頇，該準備的餌都沒漏掉，「事實上，我確實攔獲些重要情報，關於紅色司令，目前收在我宅邸之中。啊，我請你們來，主要是為了分享這好消息！等確認我安全後，自當雙手奉上。」

「戴維斯先生，我們首先確認一下您方才所說，您握有紅色海盜團的情報？」

「是。就是那個惡名昭彰的紅色森巴。」

「關於哪方面？」

「不知道。」他雙手一攤，「都是符號，請你體諒我這個老普通人吧。」

藍鳶在威廉耳邊悄言：「他眼神沒有說謊，他沒有魔法。」

「考慮的如何，隊長？聽說您麾下有非常傑出的火焰魔法師，這幾個月來已經連續擊破血腥森巴數支分隊，但偏偏是找不到紅色司令的行蹤與根據地。感謝上帝，眼下我正有個關鍵情報，只要你大發善心，幫我應付一個鄉下女人就好。」

「打擊不法集團，每位公民都該無所保留。」

「那是我以私人管道所得的私人物品，也就是說，私有財產，我為此付出不小代價。」戴維斯先生推一下溜下鼻梁的眼鏡，「但隊長您充滿哲理的話語點燃了我的愛國情操，這樣吧，讓我回去整理資料，去蕪存菁，看還能剩多少有價值的東西釋出給您。只希望你體諒我年邁體衰的鑑別力，別漏了什麼重要的資料才好。」

威廉思考片刻，轉身詢問：「沒問題吧？一個女巫而已，有你們兩個加上其他弟兄應該就是一片蛋糕的難度。」

原本心不在焉的蘇曼伽突然換上嚴肅的表情，接下來的回答更令在場人士錯愕。

「我不要。」

扼要的回覆換得一陣鴉雀無聲。

「似乎又是我的口音讓大家無法理解了。」她饒富興致的環視他人反應。「好吧，再說一遍：我拒絕。」

「不，與口音無關，但為何……」威廉搖頭，想繼續追問卻被她打斷。

「責難之前，先想想那些受火罰而葬身大海的不義之徒吧，船長大人。蘇曼伽會在這兒，首先是為了找回還在那幫惡徒手上的維拉詩妮姊姊，順便和大魔頭清算舊帳。至於其他的要求，只要符合正義與天理，蘇曼伽自然挺身而出。」她朝戴維斯先生露出輕蔑的表情，「若符合正義的話……不過我挺好奇，在哪個地方的風情，隨便拋棄妻子是被大眾容許的事蹟。」

「但他手上有情報，可以幫我們省掉麻煩。」

「我幫你們省掉更多的麻煩，難不成現在要跟我收船票與伙食費了嗎？」她越說越急促，最後連續搖頭，「妥協中沒有正義。」

丟下這句話，蘇曼伽騰空後躍，化為一陣火光霎時消逝無蹤。

「隊長，您的管理政策著實與眾不同。」戴維斯先生安坐沙發，尖酸說著風涼話。「天底下確實有新鮮事。」

「我覺得……」藍鳶遲疑說著，「我好像可以理解她的想法。」

「荷米斯，請審慎你的用字。」威廉極度不悅的指著他的鼻子，揚高聲調，「你想表達什麼？連你也要反抗我嗎？對，這就是命令！」

「抱歉……」他低頭看著地板，凝視桌腳花紋凹槽處的灰塵，「我沒有這個意思。」

「很好，跟我一起回隊上調派人手吧，假期結束了。」臨去前威廉不忘囑咐沉浸雪莉酒香中的市長先生，「我會用這海賊內幕來定調這趟任務的性質，希望是真正有價值的好消息。您該清楚，對我而言，寫封信到新十字的總督府並糾舉某些人士公器私用，輕而易舉。」

「保證滿意。」戴維斯先生一派神態自若，彷彿在他面前的僅是一個因天氣悶熱而焦躁不安的小鬼。

❋ ❋ ❋

連風也疲軟的寧靜夜，唯有夾在夏季三角的星河熱絡閃耀。

希微光線底下，希微波光不斷緩緩拍上白沙岸，成為海邊景色的基調。但若有人細聽，朦朧中彷彿有播弦樂器奏出的叮咚聲響，分秒不差配合浪聲節奏：強、弱、希微。

依循聲線，威廉來到這海岸偏僻處。

「當心，這附近的石頭很銳利。」聲音盡頭，藍鳶從珊瑚礁岩凹陷處浮出。
「原來你跑到這裡來了。」
「現在是休息時間唷。」魯特琴像張撲克牌般神奇地收納進披風。「也來找流星許願？」
「你知道我從不許願，那種不切實際專屬弱……」他想起目的，趕緊住口。
「所以？」
「玳瑁港治安沒那麼好，晚上單身一人可能會遇上無賴或搶匪。」
「如果只是一般的麻煩處境，刮起沙塵就可以輕易逃離現場了。」他的語氣和海平線比較起來，後者看久了還有點曲度變化。
「果然……」
「嗯？」
「沒事，對了，這是今天在路上剛好看到的。」威廉從鼓起口袋拎出一個細魚網袋子，「這好像是你在收集的吧。」
他接過袋子，裝的是一顆顆澄淨無暇的玻璃珠，表面還有層琺瑯似的乳白色光暈。
「啊，好漂亮，」他不禁驚呼，「這不便宜吧？」
「不算什麼，你喜歡就好。」威廉再三確認藍鳶終於鬆開緊咬的嘴唇，「那我有榮幸坐在閣下旁邊了嗎？」
他邊輕笑邊拂手，石頭上的細小塵土一掃而淨，「我還真不知道，世界上什麼事情是我有辦法攔住你的。」

他輕咳。「喂，別把我形容的像獨裁者。」

「這麼說來，還真有種暴君傾向。唉呀，等你哪天變總督了，我得趕快搬家。」

「你這種憐憫心過剩的濫好人，怎麼可能丟下親朋好友獨自溜掉。」

「雖然心中這麼想，」他伸手撈了撈遠方的星河，「可惜，區區在下的微薄力量，怎可能與德雷克先生匹敵。」

「鑑於德雷克先生帳下的首席法師成天盡說些喪氣話，合理推測德雷克先生也不是什麼狠腳色。」

「首席？蘇曼伽嗎？」

「她在編制外，剛好順路同行，不算數。」

一陣不太尋常波聲引起藍鳶注意，「噓。」他示意威廉先一起藏身礁岩背面。

只見漆黑海面上，一隻龐然大海龜笨拙爬上沙岸，體積甚至勝過公牛。失去浮力支撐的海龜顯得萬分吃力，離水不遠便揮動椰子葉般的巨鰭，匆匆挖洞，產卵離去。

沙灘恢復正常，兩人不由自主來到海龜埋巢旁。

威廉量測海龜留下的路徑，有兩個成年男子躺下的寬度。「真是……世界奇觀吶。」

「嗯，據當地人說，因為曾是海龜群聚生蛋的地方，才命名為玳瑁村，成為港口後就不太見到海龜了。沒想到有這麼奇特的生物。」

「感覺起來，應該是最後一窩了，該命名為海龜的告別嗎？」

威廉突如其來的感性令藍鳶愣了幾秒，「真巧，我也這樣想。」

「所以，」威廉趕忙驅逐附近飢腸轆轆的食蛋動物：螃蟹、夜行鳥類、水蛇還有在淺水區徘徊的巨大章魚，「有什麼方法保護這窩蛋嗎？什麼隱藏氣味的陣式之類的？」

風中傳來藍鳶的笑聲。

「有什麼好笑的？」

「我忘了剛剛誰對誰的評價是憐憫心過剩。」

「嘖，我又不是壞人。」

「好的，我承認。」他酸溜溜說著，「所以，這也是你的正式要求嗎？」

「不，我有自信，就算我不要求，你也會這麼做。」

「這語氣，聽起來我好像中了你的咒語。」

藍鳶收斂神情，從袖口竄出一隻鵝毛筆，鵝毛筆又幻化成數十個殘影在巢穴周圍軟沙表面迅速劃下方陣，外接上一個同心圓，再外接上個方陣，直到陣行抵達浪花前緣。

完成預備作業，藍鳶無暇收拾鵝毛筆，隨口叼著羽柄緊接著解開魚網袋，玻璃珠傾瀉飛起，空中環繞施術者數圈後井然有序落在矩形與圓形的交會點。

「報恩的話，請找衝鋒隊長．威廉少爺呀。」

話語甫落，落地的珠子發出微光，沿著軌跡互相連結，幾何圖樣分別逆順時鐘旋轉。最後一陣旋風，共同湮滅了海龜來過的痕跡。

「完成了嗎？辛苦了。」他朝藍鳶伸出大拇指。「首席魔法師的英姿，令人印象深刻。」

「不知道有沒有社群專門保育海洋生物，或許可以申請個褒揚呢。」

「少天真了，從沒聽說類似的社團。人類的問題都解決不完了，怎麼可能有一群人集合起來專門保護動物。」

「關懷動物總是簡單，但關懷人類，」藍鳶嘆口氣，「你懂的，情況就會變得有點複雜。」

「人的複雜我多少明白一點，但我沒想到你已經到了熱衷談論政治的年齡。」

藍鳶連忙搗嘴搖頭。「可惜了那些珠子。希望孵出來的小海龜也能那麼漂亮，但千萬不要被做成漂亮的珠子。」他惋惜地撥弄沙子。

「我會幫你留神。」威廉清清喉嚨，「對了，我有個問題想向首席法師討教。大部分我見習過的咒語都施展不出來，那也沒關係反正我天生不是這塊料，唯獨有一個技藝我很想學成，你能幫我嗎？」

「首席法師的合約中似乎沒有這條，所以可能無法。但荷米斯應該非常樂意。」

「好的，有勞荷米斯。」

「所以，你想要練習哪一種咒語？」他忽然想起今天早上有個天才輕鬆學會他做不來的變身咒。「請挑我會的，拜託不要給我考驗。」

「非常簡單又實用的魔法，能發出光源照明的那種。」

「像這樣？」

藍鳶彈響指節，然後一小團金黃色的光焰由指尖竄出，他手掌緩緩上揚，光焰也慢慢收縮成一個圓點，隨之分裂成天藍、靛青、翡翠綠、鎳黃、櫻紅與粉紫的的各色光點沿著藍鳶周身用不同的速度各自飛行。移動的光點變成繽紛曲線，最後他朝浪聲的來向揮手，所有的光點紛紛墜向黑暗的海面，在浪花間彈跳數次後併射最後的光芒。

「對！就是這個，但不用這麼華麗。」威廉拍掌叫好。「這個咒語我還記得，但就是無法施展。」

「要不要試著回憶些開心的過去呢？一些溫暖的情節之類。」

威廉面對海風閉目沉思，隨著浪潮一波波打來，他的眉頭皺得越明顯。

「需要音樂嗎？」藍鳶再次取出魯特琴，但被威廉揮手阻止。

「心領了，我的人生充滿喜悅，應該，我猜。」

又過了十來個海浪，潮水甚至已經淹到腳跟。這時，威廉露出罕見的柔和表情；最終，他從掌心創造出一個星光般微弱的光芒——接近透明的白光，多刺的立體多邊形。威廉的的光點維持不久，隨即如玻璃砂般吹散風中。

「我好像掌握到訣竅了。」

「期待你的煙火表演囉。」他隨意撥奏海頓小夜曲的幾段旋律。「咦，又有別的動物來了。」

這回是活潑的破水聲，是條銀白色的身影，自遠方的浪花上一路敏捷地彈跳登陸，完美的連續弧線。

「這是什麼？」藍鳶好奇觀察陌生動物：像海豚似的流線型身軀、也有鰭狀的四肢，圓滾滾的頭上眨著雙黑碌碌的眼睛，水珠沿著毛髮與長鬍鬚滾落。「從我們到海上後，牠就一路追隨你了，對嗎？我感覺到他了。沒想到你知道這種召喚咒，有締結契約嗎？」

「海獅。」威廉蹲下溫柔撫摸海獅，「從我有記憶開始，為了配合工作，生活就是不停搬遷。有一次忘記到了哪裡，大概是接近埃及的某個小島之類的吧，住家附近的海岸也是海獅的棲息地。」

「你的故鄉真遙遠。」下午社會運動者的言論忽然從腦海冒出來。

「那時我跟大哥還有姊姊也會到海邊玩堆沙堡之類的遊戲，不過我們從沒有下水，因為大人警告，那附近的海域有很多鯨鯊，為了捕食海獅而群聚。在鯨鯊眼中，人類小孩與海獅沒什麼分別。真的有一天，當我們看著一隻小海獅奔向海岸時，正要上岸的母海獅忽然就被一尾大鯊魚拖下水，瞬間發生的事情。」

「好可憐，竟然親眼目睹……」

「於是我們就把小海獅帶回家養啦，不過畢竟是野生動物，沒多久就死掉了。我們一起難過地埋葬這隻小海獅，這應該是我們第一次也是唯一一次共同養過的寵物。」

「埋葬……那我們眼前的又是？」

「在一次激烈的海戰中，我失足落海又被打暈過去，想說死定了，清醒時人卻在岸上，旁邊就是牠。雖然不知道清楚海獅現在是什麼樣的存在，總之，就當成是動物報恩吧。」

「原來威廉是動物朋友。」藍鳶也蹲下撫摸海獅，觸感意外柔軟舒服，頗有令人心神鎮定的效果。「小時候，有長輩也說我會有動物朋友，但我一直都沒機會養些小貓小狗，大概是連照顧自己都有問題了吧。」

「未來還長久，想要什麼都有機會達成。對了，這是我屢次從惡劣海戰中存活下來的祕密。」

「放心，不會洩漏。」摸著摸著，藍鳶忽然靈光一閃，「聽說海神普羅透斯會化身成為海獅，如果能抓到那頭海獅的話，就可以跟海神要求一個願望。你要不要試試看？」

受召喚而出現的海獅似乎聽懂他的言語，朝威廉「歐歐」叫了幾聲。

「每個聽說這個故事的人都會以為他們看到的海獅就是海神化身，可惜，最後他們還是會發現：想要達成的心願只有依靠自身的努力，而不是許願。再說，你今天為什麼一直要我許願，這是什麼新的魔法嗎？」

「剛好想到而已。」藍鳶無辜攤手，「既然你沒興趣。」

告別白海獅後，威廉起身也打算回去。「我該走了，隊長失蹤太久會讓人心浮動。」

「我想再獨處一會兒，等等就回去。」他拍拍胸口，「相信首席法師有自保能力吧。」

「哈哈，任何正常人都不該挑戰魔法師的語言造詣。」

送走接二連三的訪客，海岸之夜重回靜謐。再次仰望星空，內心終於恢復相同的寧靜。

當藍鳶打算離開時，遠方高崖忽然亮起耀眼火光，甚至隱約有歌舞作樂聲。但那是人類難以攀爬的破碎斷崖。

好奇心這種東西一旦被點燃，不害死一隻貓或潘朵拉是不會止息的。既然做與不做的千古難題已經解決，餘下的問題就在於：該用什麼方法達成目的。

幻化成風，自然現象的轉化對他而言太棘手。變形成為帶翼動物還比較簡單點；既然蘇曼伽今天早晨才輕易變成一隻貓，他應該可以再自我挑戰一次。

該如何著手呢？他試著回想布蕾太太的講課內容。

> 少年們，變身術最困難的點不在於咒文，挺好記的不是？也不在耗費的力量，你們都足以承受。最需要克服的是抵抗改變、安於現況的心。瞧瞧你們漂亮的五官和身材比例，為什麼要屈尊自己，讓那些蹄呀爪呀鱗片黏膜觸鬚之類的跑到身上來，是吧？
>
> 得了吧各位，忘掉矜持教養，哪一個人小時候不是趴在地上玩泥巴？而且哪些泥巴早晚會回到大家身上的。不要老從同個視角看世界，才能領略更深一層的知識，大自然的奧秘。

隨著腦海中播放著課堂教學，披風不知不覺抽出整排灰青羽翮覆蓋身體，本來就纖細的頸子和雙足又拉長了些。

藍鳶多走幾步觀察自己水下的優雅倒影，臉上紅色的過眼紋在銀灰色軀體上特別明顯，那該是一顆小痣的位置。

真是陌生的自己，分不清該恐懼還是狂喜。

微微顫顫揚開雙手（他還不習慣稱為翅膀），憑藉風力向上一登，平日束縛自己的複雜世界此時已成為薄薄一幅地圖。

原來是這樣，原來是這樣。藍鳶興奮的連驚叫都忘卻，盡情在海灣上空兜了好幾圈。

真不知那些得以超脫人體界限的傑出魔法師，面對普通人時到真正的想法是什麼呢？

胡思亂想間，悅耳音符再次敦促。藍鳶緩緩收翼，朝高崖上的火光降落。

❋ ❋ ❋

峭壁上的小平台依然崎嶇不平，澄紅色織毯勉強鋪出桌面，漂流木燃起的火光下，各式熱帶果物更顯紅嫩多汁：芒果、紅毛丹、山竹、紅芭蕉、橄欖與榴槤等。

一對西塔琴無人演奏下兀自產生弦律，配合她多變而魅人的舞蹈。玉臂釧、銅鈴、金鍊、銀首飾與珍珠耳環，炫目流光叫人分不清折射的是星光熠熠、波光瀲灩還是啵啵響不停的火花。

「好漂亮的蒼鷺，你還說你做不到。難道魔法師都吐不出一句真心話嗎？」蘇曼伽暫停韻律，在雜亂的水果堆中搜出一只錫杯。「歡迎光臨，女巫的狂歡聚會。」

「謝謝，真心地。」藍鳶點點頭，「感謝蘇曼伽大師的鼓勵。」

他挑了個勉強還可以的地方坐下。他看了看自己雙手，飄忽光線下的線條有無法形容的微妙。

「之前就演練很多遍了，但老實說，今天還是第一次成功。」他接過錫杯，眼神迷濛把玩著。

「說不定，我真的有天分。」

「我確信你有替我解圍的天分。」蘇曼伽提著酒壺走向藍鳶，一股腦地把酒杯倒個滿溢。

「真巧，我按照祖傳祕方釀造的蘇摩酒今天剛好開封，讓我們一起慶祝吧。」

雖然特別的禮物使他內心雀躍，搖晃著濁黑的奇妙液體，藍鳶卻露出為難表情。

「別因為其貌不揚就小看它，這由七種秘方調配，絕對可以再現記憶中的美味。」

「是嗎……好的好的。」

他緊閉雙眼，伸出的舌尖又收回，最後嚥下口水，謹慎萬分的小啜幾口。

「這是？」

他驚異抬頭，發現蘇曼伽也自信而好奇地在觀察自己表情。

「什麼滋味？」

藍鳶再度閉眼，但卻是為了集中專注力在味覺上。深棕且富含不明沉澱物的奇妙飲料接觸體溫瞬間恢復澄明，接著相異成分解離成七彩光流奔走全身，最終匯聚記憶迷宮的深核。「……梅楂糖。」他神情已經說明了這東西有多甜美。

「那是什麼？」

「這呀，」談論往事時，他永遠有種拿捏不準距離的微妙笨拙，「那是種用來配藥的甜糖，特別要拐小孩子吃藥時。妳也體驗過了，我們的藥湯比毒藥還難喝。」

「咦？有這回事，我竟然沒印象吃過什麼糖果。」她可惜地嘆息，「看來我錯過了什麼。」

「可能大家覺得傑出的人，對苦藥味的耐受度也跟著傑出吧。」

接連幾杯蘇摩酒入喉，記憶幻燈片加速撥映，喚醒更多細節。終年香煙繚繞的後院別門，玻璃罐中整齊堆疊硬幣寬度的梅花形狀小餅，丹朱漆不規則剝落的寬口旋轉木蓋，常穿著黑衣的和藹老婦人。

「哪來的道理，糖果跟什麼人都匹配。」她也舉起自己的杯子，一飲而盡。「下次經過你家，你一定要拿幾顆那個糖果給我試試。」

「沒問題。」他俐落應允，「話說回來，怎麼跑到這種危險高地呢？」

「煩悶。」飄忽的光源讓她的輪廓更加難以捉摸，「你不覺得煩悶嗎？自從來了這個城市，我就覺得不自在。」

「嗯，有點微妙難以回答。」

「需要煩惱的事情太多了，所以能躲避時就喘口氣吧。」

「依我們的年紀，說這種話似乎有點老氣。」

他忽然能理解，為什麼每當他展現消極個性，威廉就不耐煩。

「我們的年齡……」她睜大眼覆誦一次，隨即莞爾一笑，「是呢，像你說的，我們要更有朝氣。再棘手的問題，都要相信自己可以突破。」

「沒錯，就是這樣。」他其實不是很了解自己為什麼要說這些平常根本不相信的勵志信條。

「所以，你真的要按照威廉的意思，對付那個被丈夫拋棄的女人嗎？」她話鋒一轉，眼神銳利盯緊藍鳶。

「雖然說……我不覺得她是壞人……但既然威廉已經決定要把她當成敵人了……我也不能袖手旁觀，畢竟她是非常厲害的女巫，大家可能會很危險……所以那個，還是要有一個魔法師來支援比較安全之類的。」

他支吾其詞，換來她一聲嘆息。「所以說，煩悶吶。」

忽然，遠方海底發出低沉的鳴動，彷彿海床破了個巨大窟窿而大量物質迅速消逝所引發真空；為了填補空乏，真空持續吸收周遭所有存在而發出的隆隆聲。與心跳同步的叩嘍叩嘍，莫名牽引不安情緒，好像過去、現在與未來，轉眼將一起消失。

「啊，預言詩又實現了……」蘇曼伽呢喃的語調難掩顫抖。

「吵死了，什麼東西鬼吼鬼叫！為什麼我的試煉都在東方？」

到了此刻，他才查覺石頭背面的陰影處還躺了另一位訪客，醉倒多時剛被吵醒。

所以蘇曼伽一開始才說是女巫聚會。隨著故事發展，究竟又是哪位女巫呢？又能是哪位女巫呢？挑高的額頭與中性打扮，不正是廣場上最突出的社會運動家！

「唉呀，剛剛忘了介紹，這位女士是詩蒂爾頓。」蘇曼伽靈巧跳到桌上，紅毯四個角落跟著鼓噪，「這位則是藍鳶，另個名字是荷米斯，奉命要以維護正統的名義，替市長戴維斯驅逐女巫！」

「咦？」

他來不及反應，更談不上解釋，蘇曼伽已經乘上魔毯飛地大老遠。

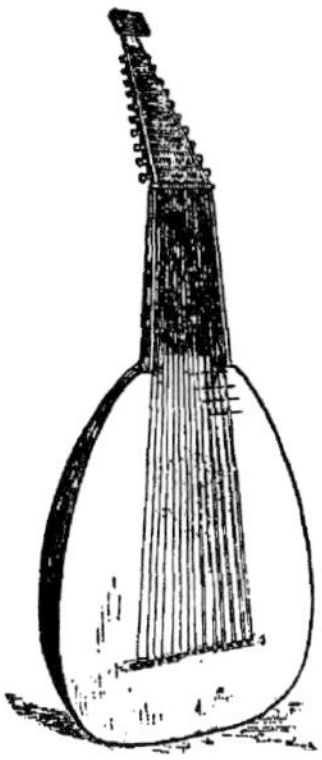

第九話

背叛。這是他腦海中第一個閃現的念頭。「真巧合，沒想到在這裡與閣下再次相遇。」儘管他打從心底對蘇曼伽參與的這場串謀感到反胃，藍鳶依然努力維持好禮貌。

「即使是羽翼未豐的年輕法師，配合訓練有素的爪牙也相當令人頭疼呀。」當詩蒂爾頓收起宣傳小冊時，懷裡改抱著一尊精緻的陶瓷人偶，穿上她親自縫製的粉紅蕾絲小洋裝，「小瑪莉，別忘了我們答應過小姑娘，讓他睡一晚就醒來。」她對著小瑪莉溫柔細語。

「請等等，我想，一定存在什麼方法可以讓事情圓滿落幕。」

「我方才似乎聽見了『敵人』？」

「我的意思是，威廉認為的敵人不一定就真的是敵人。」

詩蒂爾頓重新挑整小瑪莉的髮帶。「原來德雷克船長的名字是威廉。威廉‧德雷克，就是今天站在你背後對我一臉嫌惡的矮子吧？他擅長什麼？看那種耐性應該不會通曉什麼偉大的知識吧。」

「劍術。他的劍，快狠準。他本身是右撇子，但有刻意練習左手劍，往往能給予對手出乎意料的一擊。這東方大海上恐怕沒人近戰能贏他，但要用魔法愚弄威廉倒也不難。」驚覺自己落入羅網的藍鳶，急忙在意識中凝結出鎖的意象來縫上雙唇。也在此刻，他明白兩人之間的實力差距。「我們沒有必要針鋒相對，只要好好坐下談談，一定可以互相理解，明白彼此的真心。」

「為了達成此等高尚的選項，我是不是得先做出點讓步，彰顯我也有與之對應的高尚情操呢？」

「請別這麼說，相信我……」藍鳶手忙腳亂的解釋，斗大的汗珠滴滴落下，「我並非全然站在他們那邊。」

「那你站在哪裡？你不就站在我對面嗎？」詩蒂爾頓戲謔笑著。「下一句該不會要說：『我中立又理性』吧，真幽默。」

「確實，我努力保持客觀，不帶入個人好惡來理解大家的處境。」

「確實，執行任務本該排除個人好惡。」詩蒂爾頓微瞇雙眼，視野定焦藍鳶，氣氛為之凝結。

「我無意與您為敵。」感受她的壓迫力，藍鳶不禁後退。

「當你選擇站在上面的人所劃出的那條線之後，就失去說這種話的資格了。好了，外交辭令已經太多。你自為的超然與中立，不過是逃避一個事實，那事實就是你只能服從發號施令的愚蠢上司，無能為力。換言之，你的美德就是坐以待斃，喔多麼高尚。」

「但世界並非如您所想的極端……只要我們懷抱一顆柔軟的心。」

「逞強。姿態與言語都彆扭得要命，其實你也心知肚明吧。」她樸實無華地平舉左手，直指他的鼻子，當下藍鳶感覺自己猶如座傾危的沙堡，面對巨浪襲來。「放棄吧，你不可能輸得體面。我為什麼要顧慮你在蘇曼伽面前的紳士形象呢？我當然不在乎你那溫柔體貼又詼諧的面具。但悲天憫人的我不會追擊逃跑的弱小者。考慮好了嗎？形象的停損點。」

「我不會放棄……」藍鳶聽見自己聲音乾癟如隻死老鼠，「溝通的機會。」

「這就是你的選擇。」她嘴角微微抽動。「男人的選擇。」

眼見衝突無法避免，藍鳶謹慎回憶與魔法師的對戰要點。初次獨自面對強大的敵手，呼吸異常急促的難以壓抑，思緒更奔亂無法集中（奔亂的概念又讓他聯想到奔牛節）。單挑的法則：一定要臉朝對方，捕捉對方意圖。偏偏從站起後還未有任何明顯舉動的詩蒂爾頓，石板般僵硬的表情彷彿散射出無形的力場，越是視線接觸，越是令人掌心發汗，眩然欲狂。

還是從熟悉的領域上手吧。他趕緊喚出重重風牆環繞自身形成障壁，兼用餘力絆住詩蒂爾頓。

「學院派式的自我閹割？何不嘗試俗民方法，生猛帶勁！」

「請勿對我師長不敬，唔嗯……」

隱約一陣柑橘酸澀的氣息占據腦海，猝不及防已經轉熟成甜果膩香。昏沉之間，視野快速輻合，僅存的火光消逝一線，終至全黑。

視覺喪失了，聽覺尚存。

「唉呀呀，我看風都往你身上吹，順手就……」他聽見她在周圍漫步，同時有細微的織物婆娑聲，似乎她正愛撫那女孩陶偶。

「讓我猜猜你那傑出的學院發生什麼屈折。是不是『草藥與毒物領域』的職缺為了派系平衡，隨便找個農藝老師應付應付就算了呢？其實本來有不錯的師資，也有符合的候選者。」

果然是夫妻，連風涼話的語調也如出一轍。

「行了，乖乖倒下吧。」

心口驟感龐大無倫的惡寒，餘下的感官霎時崩解。隨著標誌自我的邊界消融，世界重回生前與死後的渾沌狀態，意念擺盪在不存線性規則的時間與空間。

幸好這種連疑懼都需要拿來佐證存在的空無只是暖場序曲。布幕升起，小瑪莉從曖曖微光底下慢慢走出，奉上一張橘紅色紙卡。

劇目：與詩蒂爾頓人生相談之我的旅行百景，從月桂葉到小茴香

副標：什麼都沒有，老人回憶多

第一幕：俯瞰視角，像一塊塊綠豆糕與抹茶蛋糕交疊延伸的梯田景觀，散落田埂的旅人蕉隨風招搖，與蟬聲譜成熱帶舞曲，對照組則是碩大無朋的水瓶樹，需要八九人才能合抱的莖幹等粗挺立，撐起大地生命力。未開墾區是蓊鬱的熱帶雨林，藏著世上所餘的不思議。

旁白（詩蒂爾頓飾）：今天我不想談自己，就來講個旅途所遇的一位稱不上朋友的朋友吧。叫什麼名字去了我想想……嗯忘了隨便，反正懂那語言的人皆已死絕，沒人在意。總之，意譯是

「百浪」。

當時百浪還是個純樸青年，屬於不錯的家族，世代執掌部落女巫的工作。看起來平凡無奇的故事卻有了意外，一艘由東岸出發，滿載稱為摩爾人的奴隸商船，因為海象不佳加劇適應不良，耗損了超乎預估之外的「商品」。

為了彌補損失，船主只好沿途補充貨源。不幸的，百浪的村落恰巧位於航線附近。

人聲嚎哭的罐頭音效，畫面黑白淡出。

第二幕：萬用國際化港口場景。視角與人群等高，清楚可見詩蒂爾頓與其他招攬水手的船長們擠在碼頭上叫喊。

「非常熟悉的場合吧。那時年輕比較有體力，還會多耍幾招戲法來吸引人潮呢。」

當藍鳶想開口，他進入人群布景裡。

「如此辛勞，宣傳不可能實現的口號，能得到什麼呢？」

「不為得到什麼，我只是行我輩該為之事。你若目能視物，怎能不憤怒？不想跟那些人一樣，你就得做點什麼。」她指著角落一個像受傷小獸般蜷曲的人影，「我就是這樣遇上百浪，一個飽受摧殘的奴隸船工，雖然年輕，已經日夜等待死神招喚。」

「啊，真可憐……」

「憐憫嗎？當時他與你現在同年齡呢。根據某種陳腔，我是不是該說你已經夠好運了，你那小小彆扭與情節根本算不了什麼。」

「不，」他搖頭，「每個人都有自己的困境，比較不幸不僅沒有意義，某種程度而言，更是利用他人的不幸來讓自己好過些。」

「你倒是沒我想像的陳腐。」她頭點了一下，「到第三天，我便查覺躲在牆角的百浪，他一直在偷偷觀察。他看不懂宣傳小冊，只好重複來聽講。」

「嗯，識字的人除了不多，也不見得是同種語言。」

「後來我著手改良，你今天所看見的宣傳上已經不只是墨水，還附帶了我部分的意念，透過紙張直接傳達。我還特地挑了吸水性最好的紙種，頗受歡迎。」

「然後呢？」

「我喜歡渴求知識的眼神，而百浪看我的神情就是這種眼神。講道結束，我撿了些空檔教授他識字。我得承認，在我教過的學生裡，最聰敏的也不及他天賦一半。兩週後，收穫滿滿的奴隸主往下個據點出發，我也往下個地點離去。這就是我與百浪相遇的所有過程。」

「那他後來，獲得自由嗎？」

「隔半年左右，我耳聞有個奴隸逃脫。奴隸逃脫並不稀奇，世界上成千上萬的奴隸，總有人會造反。但人們之所以熱衷討論的主題是：既然這奴隸具有強大魔力，當初怎麼會被抓。」

「魔力？」

「連我最初也沒想到，家族潛力竟然藉由憎恨激發。表面上向我學習語法的百浪，實則學習我無意間展露的種種魔法。」

「真意外，然後呢？」

「背叛的奴隸殺死船長與領導階層，曾經束縛他的罪惡之船經過改造後，成為染血奴隸海盜事業的起點。」

「海盜事業……」這辭彙永遠令他倒抽口氣，「啊，學院教導的守則果然是金玉良言，人們該節制應用這種難以控制的力量。」

「我說過很多次了，人體的垃圾都比這種陳腔濫調有價值！」詩蒂爾頓拉長脖子，強烈否定，「有能者獨善其身，無良者四處為惡。因縱容罪惡而孳生出的諸多不義，必會降災在你們這群犬儒分子的頭上！奴隸的血淚沾染在你們華美的衣物與飲食上，你怎能宣稱自己無辜？」

「唔，聽起來也有點道理，等我有時間再好好思索。」藍鳶出於本能閃避衝突，「後來呢？官方有取締百浪與他的海盜船嗎？」無論如何，他無法同情這班海上略奪者。

「茫茫大海，哪來的官方。你想知道，然後嗎？」

讓好奇心殺死那隻貓吧。

「……然後呢？」

終幕：全場熄燈，黑暗降臨。

男主角不停在階梯上奔跑，貌似迷途或尋找某物。瞎闖了一陣，熟悉的踢踏跫音終於令他回神，原來場景是熟悉的青石磚山道。

掌握蛛絲馬跡，仰首環視，紅磚牆與黑瓦屋簷依序勾勒屈折巷弄。縫隙中，煙花木像雜草似探出飽滿的橢圓葉，植株雖小，也不甘寂寞吐出幾朵高腳杯型的晚霞色小花。

低沉的隆隆聲劃破沉靜，真正的煙花也開始施放，從港口邊的方向照耀黑夜。

儘管所有的背景保持靜態，其餘演員也維持活人靜物的姿態，他依稀能判斷人潮正往山上流竄。他們的表情因恐懼、驚魂、顫慄、憤怒、絕望、失去重要事物的痛楚與哀傷等情緒而嚴重扭曲。

道具皆全，終曲卻還沒開始的原因是主角尚未就位。

他終於完全想起這是什麼場合：『黑色秋分』。他們使用這詞稱呼那忌諱日子。

接著，他快速往下跑，一鼓作氣地跑、義無反顧地跑、頭也不回地跑。從窄巷奔向大街，前方更加光亮，港口特有的海洋腥味也越加刺鼻。終於，與倉皇人群形成對照的惡意訪客登場，惡棍們肆無忌憚揮舞刀劍與簧輪槍，沿途燒殺掠奪。

當然，試圖抵抗的男人還沒倒下；場景依舊靜態，主角還沒到位。

最後一個到碼頭的轉角，他靠在牆邊喘氣。這是他家的倉庫，他自然清楚另一側有個大水缸，卸貨用的空地即將上演紅色森巴的經典戲碼，火舌間接穿透的高溫已使他意識迷離。

面對吧！他深吸口氣，走向火光熾盛的廣場。就像其他海盜，紅色森巴海賊團也以推人跳甲板為樂，差異在於，前方等待倒楣鬼的不是冰冷的海水，是金紅燒透的鐵板炭火堆。這種類似活跳蝦的掙扎，血腥司令格外欣賞並命名為蝦霸森巴。

他穿梭刑場，滿腔憤怒找尋導演。終於在痛苦與取樂兩種猙獰的面目之間，找到表情略帶哀悽的詩蒂爾頓，但語氣依然平淡。

「這就是後來了，平凡人物之死與絕代魔頭之誕生。人們可能沒聽過百浪，但都耳聞殘暴的血腥司令之名。」

「不要……不要……」雙手不知不覺緊握，他唯一的衝動是向詩蒂爾頓一拳揮去，「不要偷看我的記憶！」他怒吼。

「是了，你的視角在那個角落。」

拳頭觸及詩蒂爾頓瞬間，藍鳶被股強大的力量彈飛，一路摔進水缸裡頭。場景開始活動，槍砲聲、打殺聲、哀嚎聲、火焰聲從四面八方傳來，活像地獄喧囂盛宴。這可不是罐頭音效，點滴扎刺入心。

他望著陡峭的瓶口，忘了行動，忘了缸底初時是否潮濕。

但他知道惡夢即將結束，一個熟悉不過的人馬上會拿著蓋子到來。

「噓，躲好別出聲。」

這次卻有個小小不同，多了詩蒂爾頓站在另一端插嘴：「當不義的星火延燒成仇恨的盲目狂濤，中立男孩，你能躲到哪裡去呢？」

「瞎扯！亂講！」蓋子掩上前的最後空檔，他聲嘶力竭反駁，「明明我們才是最無辜、最不幸、最可憐的啊。」

結局沒有更動。槍響，女衣上的白杜鵑暈紅，漆黑的夜裡下了場雨，暖暖落在左眼下角處。

❋ ❋ ❋

決戰前夕的緊張，並沒有擴散至山腳的市鎮。

由碉堡遠眺，盛開的鳳凰木鮮活的像烽火台；攀爬在建物牆壁上的口紅花則綻放朵朵深栗色，暗沉猶如快結痂的血珠。窗台上的沙漠玫瑰與野牡丹藤則交錯著草莓、紫梅與哈密瓜各種愉悅色彩，與喧鬧的市集為鄰。

花神亦垂青緊繃的戰場，縫合石牆與基岩的薔薇此刻也吐露粉嫩的色彩。當然，不論是把守外城的層層兵力，還是坐鎮內城的指揮官們，都無暇欣賞花的姿態。

戴維斯先生今日特別安靜。自從早上醒來發現小瑪莉就安置在床頭後，他臉色就比守靈夜的蠟燭慘白。

「快了快了，魔女就快來了。」

就算沒更多資訊，戴維斯先生就是了解小瑪莉的出現代表何種含意。那是他們兩人間的符號及語言。

「話說前頭，不論魔女來或不來，」討價還價的交易持續進行，「太陽下山，我方就算履行了協議。我們已經在這裡浪費了太多時間！」

「當然，這是我的承諾。」

突發緊急狀況令戴維斯先生不得不臨時更改委託，過程中喪失不少談判籌碼。但他不在乎，因為詩蒂爾頓必然來訪。

甚至心底某處蛹動的角落，皆透露他存有一絲期待；不，比絲毫再多些。既是如此，為何又要抵抗她的回歸，連戴維斯先生也無法解釋矛盾之處。他向來不擅長形而上的問題。

「望您務必遵守約定。」全副武裝，卻等待一名或許不存在的敵人。聽起來有點荒謬，但威廉也不在意，只要能快點結束這場鬧劇。

「等待吧，優秀的獵人都善於等待。」

戴維斯先生停止回應；他感到非常疲憊，於是拿起手帕擦臉，皺紋因此扭成一團。

「荷米斯跑哪裡了？」威廉來回踱步，不停丟出這句話。

「搞不好，荷米斯已經陣亡囉。」

船醫路易士邊漫不經心說著，邊調整帽子角度。關於帽子與額頭的角度，他有一套個人美學。

「根據什麼？」

他永遠無法喜歡路易士的口吻，以及他美學中富含的驕傲。

「昨晚峭壁那邊五光十色，大概是魔法師決鬥吧。」

「我也有看到，正懷疑有誰會在深夜放煙火。這麼說來，倒是令人擔憂。」喬治也靠過來參與討論，「話說，這個詩蒂爾頓，該不會是別號『心之棘』、『女夢魘』、『報喪女妖』的詩蒂爾頓吧？傳說與她過招，至少躺半年呀，甚至有人和她對決後，到現在還沒醒來呢。」

「與石處女齊名的心之棘嗎……」威廉皺起雙眉，不悅盯向戴維斯，「您遺漏的資訊真不少。」

「關於那亂七八糟的世界，我不清楚。」

「唔。」

威廉有股不祥的預感。如果是他認識的荷米斯，八成想私下尋求兩全之策，然後身陷險境。是昨晚吧，他竟然沒查覺朋友在打算什麼。

「心之棘嗎，怪不得我胸口莫名發悶，」路易士抱著心口，額冒冷汗，「果然是被攻擊了嗎？唉呀，我得先找個場所研究傷勢，之後才不會誤診其他傷患。」

「幹練的都會少爺，詩蒂爾頓被稱做心之棘不是因為她擅長攻擊心臟或心臟病之類的，而是心智啊，心智。」喬治把關於詩蒂爾頓的調查報告丟給船醫。「你好好研究一下。」

「聽起來應該不是什麼大規模毀滅性法術。」威廉稍微鬆口氣。

外城傳來騷動，落下一道晴天霹靂，「騙子！背叛者！」高空雷聲迴盪不已。

接著，通往碉堡的唯一山路上有了反應。

起初只是聽不甚清楚的叮叮咚咚，接著出現了猴子、河馬、鵜鶘、長頸鹿、非洲獅、亞洲象、河口鱷、孟加拉虎與馬來熊等等，等比例摺紙的動物們井然有序背著各種樂器，一路演奏進行曲展開遊行。

「公民，請即刻停止所有踰越行為！」

無視勸告，遊行隊伍緩緩而滑稽地貼近城下。所有人同時看著指揮官，等待命令。

每個人都吞口水的瞬間，威廉卻閃過一隙空白。老天，他到底在幹什麼？與摺紙作戰！船上釣魚或白日夢都更有意義。

「開火！」

槍砲齊發下，動物遊行隊伍隨即被炸成團團紙屑。但事件還沒結束，煙塵紙花之後，緊接著飛出無數倒楣鳥——教師擲向課堂上搗蛋學生的那種簡單鳥型木雕，瞄準每個大兵眉心疾速奔馳。

「呃啊！什麼玩意？」

「小心。」

驚呼的浪潮隨即快速止歇。基於動量守恆，被衝撞客體與衝撞主體呈現反方向運動；為了紀念如此精簡又正確的古典力學，每位水兵都定格於彈開瞬間。

唯一避開攻勢的威廉，與事件主人翁戴維斯先生——理所當然的暴風中心，置身這異常安靜的場景，旁人皆被固定，宛若活人靜物或生物標本。

「吾人至矣。」女主角突然自後台雍容登場，滿意欣賞自己的傑作。「真是有趣又荒謬的畫面。」

「妳什麼時候進來的？」威廉緊握劍柄。

「你們只關上前門，我就從後門堂皇入室了。」詩蒂爾頓指著大海，「騎掃帚，女巫不都是這樣嗎？」

「我聽說主人沒同意，邪物便無法入門。」

「這有兩種解釋：第一，我比較積極，或者，」她用削薄的鼻翼哼了幾聲，「你們才走在歪斜的岔路上！我傾向後者，你認為呢？」

威廉對詩蒂爾頓的冷靜感到意外，似乎她因矇騙所生的憤怒全留在那陣雷聲咆嘯中。但他依然警戒。

「解除這些人的狀態、交代荷米斯行蹤、然後離開。」

「扼要，與你那婉轉的小可憐朋友澈底不同。」她眼角掠過像顆馬鈴薯癱坐一旁的戴維斯，「行動總有目的，順從您的要求，我豈不白跑了。倒不如你去幫我剪幾朵牆邊的薔薇吧，順便讓我們倆敘敘舊。」

「別挑釁，也別逼我動手。」

「或者，泡壺茶也好，咒語讓我口渴。」

他向來服膺一個道理：當冰涼的刀刃抵著咽喉時，溝通效率隨之攀至巔峰。

外交時代結束，威廉拔劍俐落攻向詩蒂爾頓。詩蒂爾頓不閃不避，劍刃卻像在空氣中徒然揮舞，只能沾到她幽靈般的幻象。

他停止動作，思考臨陣對策。

「干擾意識的認知魔法？」
「光與影的奧妙戲法。」
「也就是說，我無法正面看見妳的存在。嘖，看來想從音源判斷相對位置也是無效。」
「哦？你對魔法似乎小有研究。」詩蒂爾頓露齒輕笑，「該怎麼辦呢小隊長？無法直接看見的敵人。」
「如妳所說，無法『直接』看見。」
威廉平舉軍刀，微微調整光面如鏡的金屬表面，不動聲色瀏覽倒影中的景象，隨即迅速無倫切換至左手，又是閃電一劍。
雖然只有幾秒，詩蒂爾頓終於弄丟從容姿態；驚訝之後，單手輕鬆接劍。反而他像砍進棉絮中，武器被她牢牢鉗制。
「就算你利用言語成功埋下陷阱，可別忘了，凡物是傷不了我們這種級別的女巫。可惜你的小魔法師沒有你的臨場智慧。」
「可惡！妳還用了什麼招術對付荷米斯？」
他拔出腰間短槍，但射出的彈丸竟變成咕咕鐘的布穀鳥，佐以繽紛彩紙，婚禮拉炮使用的那種。
「噯呀，真感人的朋友關懷。」
詩蒂爾頓鷹眼微瞇，威廉當下感到一股惡寒，像落入蛛網的小蟲，越抗拒越與這小宇宙糾纏，終至無法動彈。

「總是這樣毫不顧慮他人立場，一廂情願的投注不切實際的期許與感情。而這必然的失敗只要解讀成背叛，你依然能愜意躺在道德制高點，偶爾唏噓世人都不懂你用心良苦。需要我一起同情你嗎？」

她彎腰撿起布穀鳥，用鳥喙尖端抵住威廉眉心。

「還是讓我們來同情你的不幸友人，那群飢餓的海鷗應該啄掉他另一隻眼睛了吧！」

字語傳進耳裡瞬間，在腦海形成具體畫面。由於意識被強迫盯視不敢預想的結果，威廉的恐懼與瞳孔無止盡擴張，最後，世界的邊界消逝在一片強光迷茫中。

「好啦，親愛的，終於只剩我們倆了！」

「大隊人馬都還在現場。」

戴維斯先生安坐在那張派頭非凡的雕花皮革沙發椅上，十根布滿皺摺與青色血管的指頭依序鑲在手把的貝殼紋路間隙，身影龐大的像個教皇。不過我們的大人物，此刻的隨侍只有大腿上的小瑪莉。

「他們都進入墨菲斯的懷裡了。」

她朝他緩緩走去。

穿過哥德式花窗格投射的光線，柔焦效果使人魅惑。擾動的塵粒增添光束質地，看起來像半透明薄紗。他現在發現大廳黑白交錯的大理石地磚，觸感細緻的似少女肌膚。

「妳又讓人做噩夢了。」

「我們每人、每天都在做噩夢。我們在惡夢裡呼吸與跳舞。我們就活在噩夢裡。」

像人生歷程的濃縮版本，每穿越一層布幕，她便褪去一件早就過時的年輕外衣。

該從哪段開始呢？儘管幾十年來針對可能的重逢，戴維斯也琢磨了好些開場白，但真與她同在房間呼吸，他依然失去章法。

「又來了，盡說些怪裡怪氣的東西。妳為什麼不稍微顧慮我的立場，想想其他人會怎麼議論吧。」這是他憋了二十幾年的問題。

「親愛的，你要與『其他人』共度一生嗎？」

「我必須與其他人相處、工作。」

「跟其他人相處是一回事，活在他人的意見是另一回事。」

「世界不是黑白分明，一刀兩斷。妳還是那麼天真。」戴維斯生硬吐出，「親愛的。」

「漢克，你曾看過窮人恥笑富人一無所有嗎？」

「聽起來……挺荒謬的。」

她笑了幾聲。「那麼，理想的窮人又如何呢？」

「嘖，我真該學些修辭學。」

「那我們談些……你能回答的問題好了。」她流暢的辭令之河罕見的停滯，「為什麼……當時要離開……」

「噢，我聰慧的髮妻，有什麼祕密能瞞過妳雙眼？原因，妳早了然於心。妳該知道我當時有多渴望……逃離那樣的情況……就算我不離開，我也會在工作與酒精裡死去。」

「我得承認，你離去後，我雖然悲傷，同時感覺鬆了口氣。」

「我們都鬆了口氣。阻隔我們之間的差異過於巨大。」

偽裝的魔法逐一蒸散，她緊緻的臉部線條漸漸鬆散。儘管目光依舊銳利，包覆雙眼的眼窩、雙眉、額頭、雙頰、鼻尖開始風化乾枯；原先在恰好位置上的眼影與口紅，現在部分灑落皺摺中。髮帶因秀髮驟減而滑脫，失去油脂潤色，垂下的髮絲灰濛而無生氣。當她抵達他身邊，她看起來就和他一樣年邁了。

「你應在歲月的長河中淘出智慧的沙金。」

「妳則應該磨去菱角。」

「我老了，力量也衰退了，許多過往造成的錯誤，如今想彌補也有心無力，這樣算磨去菱角嗎……啊，我究竟想表達什麼，如此語無倫次又邏輯不通，你瞧，我果然老了。」

「那道歧異的牆依然高聳，」他閉上雙眼，「但似乎沒那麼刺目了。」

「我累了。我曾經認為，現在依然如此認為，人們應該憤怒。但我也見識了許多憤怒浪潮的後果，有些我樂見，也有很多令我懊悔。不，我不認為我錯了，我只是沒有氣力繼續走在正確的道路上。我想找個地方坐一坐，心平氣和地觀看花開花落，但不要精緻又充滿異國風情的美酒甜點，那些東西都是剝削的成果。只要雲朵就好，自然的美景最公平。」

「有些當地產的酒也勉強可以接受，至於甜點，我本來就不喜歡。」

「還記得小瑪莉嗎？」她將女娃陶偶重新擁入懷裡。

「怎麼可能忘記呢，那是給妳的生日兼結婚週年的紀念品。很遺憾當時無法給妳更好的禮物。」

「這已經是最好的了。」

接著，是一段不短也不長的靜默。男女雙方時而注視對方，時而望向窗外或地板。

「親愛的，讓我們實現舊日誓言，一起變老吧。」

「我的甜心，妳如此優秀，我該如何愛妳？」

「你的身影如此龐大，我也很難找個位置與你並肩呀。」她將戴維斯自王座上拉起，「出發吧，前往一個沒有旁人的世界。在哪裡，我們可以重返青春年少。」

他用鼻孔重重呼口氣。

頃刻，從地磚接縫，危危顫顫探出綠油油的植物小苗，沿著兩人圍成一圈。接下來幼苗迅速抽高、生長、生長、再生長，水桶粗的藤蔓眨眼澈底將戴維斯夫婦包裹在翠色高牆中。

藤蔓失控地繼續蔓生、增長、膨脹，為了驅除外人更突出尖銳的荊棘。被扎醒的人沒太多時間對這古怪場面做出反應，只能狼狽出逃，眼睜睜看著大廳、內城、外城一一被荊棘吞噬。短短幾分鐘內，傑克的荊棘已經澈底包圍灰姑娘的城堡。

奇異的景象引起關注，鎮上民眾紛紛聚集看熱鬧。民俗誌與植物學者興奮的採集樣本，角落的畫家在寫生本上速寫，冒險家們則拿過去的經驗熱情地做比較。

各種剷除荊棘的嘗試被證明無效。除了可能被荊棘刺傷，其自我修復的能力遠超預估。

「唉呀，怎麼變成這樣的結局？」

臉色依然慘澹的藍鳶，在蘇曼伽攙扶下緩緩跟上人群。由於還未從失態的困窘中走出，他盡可能不與他人眼神接觸。或許正如蘇曼伽所說，這座玳瑁港不是個好地方，他已經連續多天在一片渾噩中驚醒。當然，醒後依然渾噩一片。

不過她剛好都在身邊。

「妳全部都看見了嗎……」這是他醒來後第一個問題。

「門票很貴嗎？」

「我真是，」他又緊緊閉上雙眼，恨不得立刻從地表上消失。「笨拙死了。」

她拿出手巾擦去他臉上的鹽漬。「我的英雄，請你振作。如果你真的如你自己所期許那麼善良，那就為我演一齣好人獲得幸福的好結局吧。」

接著，他們緩緩走向戰場的終局。

「說不定，」蘇曼伽仰望壯麗的荊棘之城，「這才是他們兩個想要的結局，誰知道呢？」

「唔，或許妳說的對。但他們去哪裡了？」

她聳肩搖頭。

「不過兩個人的話，或許比較不會感到寂寞吧。」

無計可施的威廉在圍觀人群中發現兩人身影。

「你們到底跑去哪裡了，沒事吧？」他拍拍藍鳶的手臂。

藍鳶先是看了若無其事的蘇曼伽一眼。

「被你猜中了，你猜我在回程上遇見了誰？竟然被女法師堵個正著，還被澈底擊潰。」他按著隱隱陣痛的腦袋，淒慘笑著，「幸好蘇曼伽保住我的小命。」

「沒事就好，我聽說被詩蒂爾頓詛咒的人都要躺個半年以上。」他喘口氣，「那這個，有辦法處理嗎？還是等你先休養一陣子？市長可以再委任，碉堡可不能搞丟。」

「讓我來燒個乾淨吧。」蘇曼伽躍躍欲試，「這次都沒幫到大家，真太不好意思了。」

「呃……」威廉面露難色。城內設施要是一併燒成灰燼，也是另種問題。

「沒關係，讓我來。」他拉住蘇曼伽，「在怎麼說，我也是銀史密斯學院出身的魔法師，別的或許不行，植物學最精通。何況這未完成的咒語，總感覺就是詩蒂爾頓刻意留給我的考驗。」

「既然是指定習題，那就看你表演囉。」她滿懷期待說著。

威廉命令拆除小組停止動作。「現在不行的話也沒必要逞強。」

「相信我吧。」

他現在特別需要建立信心的機會，尤其在蘇曼伽之前，儘管他已經說了一百次我沒事。

藍鳶沉穩的前跨一步，其餘人等立刻識相退避。他調節呼吸，平舉雙手，袍飛袖舞，四周接著刮起寧靜的微風，滲入所有枝枒之間。

「令生時美如夏日繁花，臨別美如秋節落葉。」

輕柔令下，藤蔓們不再躁動，從荊棘節點緩慢吐出小小淡青色的花苞。再回神，已經是著火般盛開的一樹薔薇，下一刻從風紛紜，燃燒殆盡，什麼也沒遺留。

「啊，真美，」她合掌嘆息，「令人難以言喻的感傷。」

「這樣的回答，還可以嗎……」他對著散逸的花瓣低聲呢喃。

理該如此，恢復如初的陵堡內，再無詩蒂爾頓與戴維斯先生。

當大家覺得是時候該曲終散場，一輛人力拉車突兀地進入前台，群眾自動讓出通道。雖然帽簷與黑紗遮住面容，憑那高雅雍容的身段，誰都認得出她就是有錢夫人。

「夫人，我很遺憾。」威廉趨前致意。

「我都聽說了，」夫人略帶鼻音與哽咽的腔調，表達合宜的哀傷，「離開吧，你們這些外邦人。個個都是負心漢，沒一個好。」

「噢……我真的很遺憾，對於戴維斯先生的個人行為。」

「如果您真有心，我說如果，就請下任市長不要再來打擾我的心了。」夫人揮手示意，隨從接著將一只木箱交給威廉，「這是他所有留下的文件檔案，我想裡頭會有你需要的東西。」

第十話

回神時，天幕已布滿彩霞，大海也變成高貴的靛紫色。

他拾起頭髮上的花瓣，原來自己倚在薔薇花蔭下。是了，這位置必然是廣受歡迎的好視角，瞧被當成座椅的大石頭已被磨得如此光順柔滑。

「唷喔，小哥，你醒啦。」

他看了看四周，只有喬治站在一旁，「威廉呢？」

睡夢中，他依稀聽聞威廉吆喝指揮。

「說來話長啊，簡單講就是……」喬治搔頭，「有人捎來訊息，安排權力過渡的臨時會議一面倒向夫人派，小威只好臨時加入談判，幫公司派扳回點均勢，雖然聽起來已經難以回天了。看起來那女人不是省油的燈，八成很久以前就開始收買人心了。所以，就由我來接手撤退作業啦，其實也差不多完成了，我還在猶豫該不該叫醒你呢。」

「原來是這樣，威廉真是大忙人。」他語帶惋惜。

「有什麼要緊的事情急著找他？」

「沒什麼，只是忽然想起一些回憶，所以想跟他聊聊。」金澄一片的夕陽光輝，正適合訴說早不復存的人事物，「不過，我好像可以猜到威廉的反應。」

「哈哈，是嗎？」喬治會意大笑，「他根深蒂固的積極作風，早就無可救藥啦。」

「真的。」他彷彿找到另一個被威廉逼到走投無路的倒楣鬼，「對了，偉大的女法師呢？」

「跟威廉一起去湊熱鬧了，」喬治聳肩，「我真不懂，小姑娘怎麼會對這種權力鬥爭的戲碼感興趣，我最受不了宮廷劇了。」

「蘇曼伽如果有興趣，非一探究竟不可。」藍鳶想起蘇曼伽反詰市長與威廉的場景。「希望她不要搗蛋才好。」

「放心吧，這次她有答應威廉，乖乖站在一邊，只看不說。」

「噢，那就好。」他揉起一把雜草，奮力拋向風中。「只是題外話，所以這次的任務，算是失敗了嗎？」

「天曉得，如果你問我，我會說起碼還能在這裡跟你閒聊看夕陽，等等說不定還可以喝一杯。而且管他任務成功或失敗，最後還不是要我寫報告。」喬治抓頭。「換我題外話了。聽說小兄弟，你是破譯專家。」

「會一點，但請別相信威廉誇大不實的講法。」他露齒苦笑。

「反正也沒其他人選了，接著。」喬治拿出一卷豬皮製成的粗糙卷軸，帶點腥味，「機密情報，有空翻譯翻譯。」

蠢貨們：

沒什麼好隱藏的，對吧？由於侏儒威廉和天殺雷克斯這對豬玀兄弟，咱們好幾船的弟兄已經提早進地獄報到啦！擔心的快禿頭了嗎？咱們無惡不作三巨頭已經勒緊腰帶，準備好各種道具來招呼這些嬌嫩的貴賓，到時儘管欣賞他們呻吟著要一刀痛快吧，哈哈！在那之前，到熱帶維那斯港集合，早去早享受，晚來等挨鞭！

老大哥

先不提海盜和什麼無惡不作三巨頭，雖然他們理應譴責。大海與冒險，本身即充斥著各式各樣致命危機。疾病、飢餓、脫水、妄想症、水土不服、日射病、地方病，要水手喪命比捏死螞蟻還容易。一場熱帶暴風可以澈底抹滅船艦存在的所有線索，被撕裂的船體就像水珠蒸發不留痕跡。更別提隱形殺手：寧靜的暗礁與無風帶。任何人都該保持虔誠，敬畏神靈，以免毫無徵兆的誤入危險地帶。

如果是濃霧中，一艘明顯無人掌舵的漂流船呢？是瑪麗・賽勒斯特號、聖荷西號，還是海盜船的偽裝？該不該靠近探索，總是個令人糾結的難題。

黑豹號上的桑德選擇相信樂觀。

這趟航行已經遇上太多好運，一艘從阿卡爾普特出發的商船沉沒，造成銀幣供不應求，因此讓黑豹號趁機用更好的條件購得更多的絲綢、鹿皮與茶葉。

桑德相信此乃天主回應他的敬虔，而且這關愛將持續下去，因為守齋期他完全謝絕肉類。當然，冷血的魚族不在禁絕的項目中，大啖無礙。

「夥計們，讓我們看看他們需要什麼幫助。」

遺憾地，船上一個活人也沒有，祝那些乘客們好運；幸運地，也沒有海盜藏匿暗處。

貨物也保存良好：各式細頸的、寬口的、有把手的晶瑩瓷器，還有嗆鼻的胡椒。食物和水也非常充裕。

究竟什麼原因讓人都不見，桑德邊清點外快邊思索。一個搬運工打開艙底的一個隔間，整群活物馬上奔到甲板上，不安遶行、鼓譟。

有豬、小羊羔、大白鵝、雞、水牛、肉兔、火雞等等家畜，宛若一座海上牧場。

「唉呀不得了，這下面連啤酒都有。」大副扛出一桶戰利品。

「真是現成的宴會。」

單調貧乏的海上生活，還有什麼比得上美酒佳餚振奮人心呢？

慷慨的船長令下，全體船員齊聲歡呼。宰雞燒鴨，奢華灑上大把香料，再用木箱裡精緻器皿盛裝香嫩燉肉，原先用以防止瓷器碰撞的豆芽菜則成為佐料。

這一切，就像啤酒剛倒出而竄出的酒花香氣般令人愉悅。海上冒險，總少不了意外，難以預測。

「是海盜船！」一個機警的水手大喊。

不祥之詞中斷歡樂進行曲。

迷濛霧色中，骷髏符號若隱若現，環伺獵物的禿鷹卻始終不進入攻擊範圍。

「注意！他們在等我們鬆懈。」桑德警告下屬。

「放心，咱們不打算登船。」

粗啞戲謔的聲音從桅桿上傳來，順著瞧去，不知什麼時候船上竟然多了一個小丑。小丑身上的穿著極盡誇張，除了雪白的大襞領，燈籠袖、飛鼠褲、緊身衣與三叉帽尖都由香蕉黃、櫻桃紅、哈密瓜色的鮮艷色塊組成；宛若亡者的粉白臉上畫著血紅笑容。

「咱的藝名叫花漾女王，請多指教。」花漾女王鞠躬登場，往台下扔一朵康乃馨，「咱們海盜雖然殺人、搶劫、偶爾強迫婦女與我們發生關係，有些壞事還是得劃清界線，幹不來的。」

「哼，什麼壞事是海賊幹不出來的？」

「這罪行，連從嘴裡說出，都感到羞愧與瀆神！」花漾女王摀住雙眼，目光透過指縫閃爍，「打個比方，同類相食。」

當「同類相食」這詞打從小丑口中吐出，戲法解除，早前的酒食盛宴瞬間質變。

鵝羽兔毛等廢材變成扯斷的毛髮，嚼到一半的豬腳雞翅變成手骨，燉肉裡滿是手指頭，雜碎湯中浮出眼球和耳朵。至於烤全羊，還是不要敘述好了。

「再怎麼飢餓，把多餘的人丟海就好啦，萬萬犯不著吃……人肉吶！」強憋著說完正經話，小丑捧腹大笑。

與會嘉賓紛紛砸下餐具，本能不夠強烈的人靠挖喉嚨催吐，一時嘔吐聲此起彼落。接著是千萬懊悔的告解，有人不停鞭打腹部，有人連胃都要挖出來了，也有人作勢要切開肚子。

「喂，清腸的話，這個比較有效率喔。」

小丑推下身旁的木桶，落地後散落整把的長刀、匕首、魚鉤與尖槍等等。

「快掏出來洗一洗，難道你們想攜帶這光榮印記上天堂嗎？我猜，這道罪行應該比暴食嚴重一點點。」

沒幾下子，精神錯亂的倒楣鬼們全倒在血泊中，抽搐著嚥下最後一口氣。

海賊船終於靠過來，幾乎完整無缺的接收兩艘商船。

「唉，你們如果多看一眼動物們的款款神情，就不會把朋友吃下肚了。」花漾女王給自己作品留下註解，「吶，該往維納斯港出發了。咱們迫不及待要看下場好戲。」

❋　❋　❋

熱帶維納斯港，由陸連島與沙洲連貫而成的弧形凹槽，其他名稱還有小亞馬遜、軟香灣、愛洛斯鎮、曼瑪德哈、愛慾之港。試過四五種旗幟後，現為自治城，來者皆客。

熱帶維納斯港地勢拉拔高聳，離岸兩百步已到山腰，可以俯視海灣全景。除了某殖民時期興建的宅邸與大街，刻意統一成伊比利半島風格，其餘地區按照原生聚落，形成蜂巢般複雜的巷中巷、弄中弄；不同的人們各自占據區塊，依著各別律法過日子、討生活，相安無事，少有爭執。

聽起來宛若有破敗的影子，事實上正相反。每棟小屋都粉刷各種繽紛色彩：煎蛋黃、萊姆綠、天空藍、泡泡糖粉紅、葡萄紫，像一床巨大的百衲被延展，而且總在最短時間內補漆。

這兒的早晨是深夜，午後是凌晨。凌晨的意思是，街上開始有人走動。而這邊的走動，意指靠在轉角、牆壁、走廊柱子、陽台陰影下，偶而換個場所來讓人看見。

「瞧，每個人都背對你，卻都注視你，是不是看起來都很可疑？」

威廉回頭，背後卻一個人也沒有。

「走散了？真是麻煩。」

他啐一聲，快速循著原路返回。在迷宮般的小巷間，卻一個熟人也沒有。

眼神探索的過程，意外逗留一條倩影。

蕾絲洋傘下，捲如羊毛的棕色長髮，穠纖合度的輪廓令他莫名悸動：真想知道是怎樣的臉龐。

威廉朝棕髮女孩走去，但沒出聲。這一行的女孩，對目光的感知如同呼吸空氣一樣渾然天成，她知道他正看著自己。

她果然轉身，而她的面貌果然像極了……芙羅拉！但同一秒，他亦清楚她不是，這女孩的氣質相較於芙羅拉，過於柔弱，甚至是病態美了。

無論如何，還是很像，活脫就是從芙羅拉的鏡子逃出來的對稱倒影，所以他想要。

少女露出酒窩，回應他的微笑，然後摘下綁著絲巾蝴蝶結的鐘形帽，緩步進入更狹小的巷子裡。

他手插口袋，吹口哨跟上。

巷子越來越昏暗，瀰漫曖昧氛圍；最終他們走入一間柑橘色小旅舍。因為擺著具胡桃色老爺鐘，採光不良的大廳感覺更加狹窄。櫃台後的老頭正在打盹，點頭頻率慢一拍跟上鐘擺。

棕髮女孩自己拎了串鑰匙上樓。走廊安靜得可以聽見老爺鐘的齒輪運轉，房間也是，還多了股陳年霉味。

她拉下百葉窗，他關上房門。牆上的草履蟲圖案壁紙睜開無數眼睛窺視他們。

他摟著她的腰，湊上雙唇就要一吻。棕髮女孩笑著別過頭，拿來一條毛巾，仔細擦拭威廉臉上的風塵與汗水。

他圈住她的手腕輕嗅，她沒抵抗。微妙的乳香，是否她的乳暈也如此甜美呢？

「主人的名字是？」

「威廉。」

忽然一陣強烈搖晃，床具、桌椅、吊燈發出嘰嘰軋怪聲，燭台翻滾落地，對面的玻璃窗接連迸裂。震盪結束，壁紙脫落一面，吊燈持續擺動，把天花板上的灰塵通通掃下。

「請離開。」她臉色劇變。

「什麼？」

他還搞不清楚狀況，比方什麼因素導致了她改變心理狀態之類的。

「我說，」她鐵青著臉，指向門口，「馬上出去，立刻。」

「妳以為妳在跟誰說話？」

毫無預警的天災，並沒令他畏懼。另一方面，隨時會喪命的危機，反而使人更加血脈噴張。於結束前，一定要做些什麼事情。

何況，不過是個快樂的女兒——妓女罷了。

他一手將她壓制在床，一手粗暴除去她外衣，偎在頸邊細細品嚐她的香氣；濃郁的，似動物麝香媚惑，酸酸的，似藍乳酪刺激味蕾。

「停手，不要……」女孩顫抖聲線，苦苦哀求。

「省省力氣吧，他們只會以為……」他充滿憐愛的撫摸她下頷，「不過是場精彩的前戲罷了。」

他想像自己儘管不紳士，應該也不至於狎邪的程度。

手背順勢上滑，在小酒窩處逗留一陣子，逗弄白裏透紅的小鼻尖。「開動囉。」深吻之前，他想先撥順女孩散亂的髮絲。

又多了一項與芙羅拉相異的細節。

「瞧，妳眼睛下方，也有顆肉色小痣呢。」

肉色小痣，誰也有這一模一樣的肉色小痣？威廉瞬間背脊發麻。

地震再度來襲，門窗形變扭曲、壁紙澈底脫落露出醜陋的壁癌與黴斑、廉價風景畫甩落、吊燈的鍊子逐節斷裂、牆壁扭曲、床頭櫃崩落至地下室。

利用威廉發愣瞬間，女孩掙脫雙手，毫不留情火辣辣一巴掌朝他臉上呼去。隨之而來的切膚疼痛，完全剝落周遭景象，整座東方維納斯港似摔下的拼圖、強風吹倒的紙牌屋般，俐落迅速的瓦解消融。

「荷米斯……」

威廉不敢置信看著眼前的藍鳶。他已經被逼到牆角，神情加倍驚恐。

「你終於醒了。」他喘口氣，眼神尷尬錯開威廉。「對不起，除了抽耳光，我想不出其他方法了。」

「這裡是哪裡？」

「船艙，我的房間。」

他敲響指節，燃起煤油燈，換回熟悉的場景。

「老天，我差點鑄下怎樣的罪行……」威廉失去重心，抱頭頹廢跌坐在地。「這是怎麼一回事？」

藍鳶先輕甩雙手，刺激血液流通，但手腕上的抓痕辣紅得像龍蝦；然後他撿起襯衫與披風穿上。

「還記得前方的迷霧嗎？我們就是進入霧中，才開始陷入幻境。這不是普通的魔法，我已經全神貫注，還是破解失敗，只能勉強維持自己清醒，然後你就闖進來了。我很抱歉，對手太厲害了。」

此時的威廉，掀蓋而出的無盡悔恨反使藍鳶陌生。由那墜落的姿態，藍鳶直覺他不是初次闖入這灰暗狹巷。

「對不起，對不起，都是我的錯，天啊我搞砸了，所有全部，失控，對不起……」

「沒事的，什麼都沒發生。」猶豫了一會兒，藍鳶扶起沉溺在自責深淵的朋友，輕拍他肩背。

「我又失格了，我為我的道德淪喪感到抱歉，我為我的存在感到抱歉……」

肢體再度接觸瞬間，藍鳶虎口宛若被鋼絲劃過而滲出血珠。這令他驚覺這套惡作劇還有第二重效果：藉由道德崩潰導致情緒與理智崩潰，接著令人宰割。某種程度而言，這種歇斯底里的狀態才是這尚未照面的邪惡施術者所期望的效果。他能感覺比起被操弄，威廉更痛恨自身在陷溺的情緒裡無法自拔，但他越抗拒，這冰冷的黑色絲線就越糾結而壓迫，直至窒息。

盪過頭的悲觀，非但擺不回另一端，還會推倒骨牌。

「振作！威廉。我們必須到外面找出源頭，才能阻止一切。」

藍鳶把沒受傷的那個手掌輕輕覆蓋在威廉臉上，頓時威廉感到迎面輕輕拂過高濃度氧分子的新鮮空氣。幸好驅逐絕望的魔法，藍鳶最熟悉不過。

「我需要你，我們需要你，世界需要你。」
「你說『一切』，所以其他人也……」
威廉屏息傾聽，各種輕佻愉悅的言語陸續竄進耳朵。
「說的對，我，威廉‧德雷克，發誓阻止這一切！」
他刻意放大音量、重捶地板、使勁呼吸，用自身的噪音掩蓋背景音量。唯有如此，他再度燃起的決心才不會潰散。
「但我恐怕現在不適合站起來，可以請你先到外面等我幾分鐘嗎？」
於是藍鳶先走出房間，在灰霧瀰漫的走廊間點起一點法術光；隨著操縱人心的絲線蔓延，所有的光源都熄滅了。幸好在這詭異的時空裡，附近再也沒有其他夢遊者。莫非是所有的演員都已經就位了嗎？藍鳶不敢細想。為了轉移注意力，他心內估算船員的數目，如果要一個一個喚醒，時間一定不充足；唯一的方法是解決源頭。於是當威廉終於體面步出，他提議兩人直接到甲板一探究竟。
不只旗艦哈爾普號陷入幻夢，克羅西亞莫斯號、金羊毛號、卡里德福洛斯號等諸船也在海上夢遊。
「全員淪陷了嗎？」
「不，我感覺空氣中，有種對峙的躁動張力。啊，還有血腥味。」藍鳶舉起手臂想指出個方向，汗流浹背的模樣好像十幾磅的鉛塊綁住肌肉，「看那邊。」

氤氳水氣散出一條甬道，頓時傳來白熾火光佐以隆隆砲聲。格蘭號正在用副艦上五十膛火力與左右夾攻的兩艘海賊船火力互轟，情勢十分險峻。

「是喬治，他一定在咒罵我們袖手看戲。」威廉用無奈的拳眼抵住額頭。「快去支援他們。」

「好，我來想辦法。」

事實上，要從盈耳的高密度飽和雜訊裡重新標示出座標，已經耗竭他的精神。

這時候，天空有了變化。

兩團來自不同方向的雲叢朝對方急奔。其中一團雲五彩斑爛，似乎是積雨雲與彩虹的雜交後代，另外一朵則是由黃昏風景畫中剪下的霞色卷雲。

兩個雲系迅速擴張，每個伸出的雲腳都在侵占並削減對方的存在空間，不將他者由地圖上抹去不罷休。

穩占基層，並在高空獲得發展的彩虹積雨雲首先搶得優勢，利用自身上下對流累積的電荷，釋放比蛛網綿密的閃電斬斷捲雲。

支離破碎的捲雲，不得已往平流層水平幅散，越來越稀薄。眼看就要澈底瓦解之際，色譜卻由暗紫轉趨深紅，現在瞬息萬變的外觀與其說是雲朵，不如說是火焰。

「我奉阿耆尼正法，焚盡世間諸罪惡。」

當蘇曼伽朗誦咒文，其語氣之堅定總讓人產生錯覺：這一定是來自至高天的審判。

原以為渙離的捲雲系，不知不覺間已經包圍彩虹積雲。色譜持續轉移，一路從暗紅到鮮紅、赤紅、金黃，終至熾白色——烤箱的極致功率輸出。

伴隨一聲不及喊出的慘叫，無聲無息的火焰瘋狂吞噬雜七雜八的色彩，接著蒸散盤據水上的人造霧氣。漫無邊際的火雲接著向內部塌陷，凝聚成兩團烈火下墜。火球不偏不倚落向海盜船，一個明顯的擊中，引爆彈藥庫。

船底破洞，判決揭曉，海水快速湧進船艙，轉眼消失。

至於觀眾們的表情，目瞪口呆已不足以描述。

「太好了，你們兩個還醒著。」體操選手般矯健，蘇曼伽延展雙臂，自半空轉體落下。身上墜飾、髮飾、手鐲等一路叮噹脆響。「是嗎？」

「妳把他，解決了嗎？」威廉再一次拾起對蘇曼伽的敬畏。「根據調查，這套玩弄人心的戲法應該是紅色森巴的第三號人物：第二隊長花漾女王。」

「我勉強維持我們兩個人清醒。」對自身的渺小感到羞愧與無力，藍鳶緊緊握拳，低頭不語。面對這懸殊的差距，不論是剛被正法的邪惡巫師，還是蘇曼伽，他拿手的精巧小把戲完全派不上用場。「這種大規模的咒文，學校沒教過，書上也少有記載，叫我如何……」

他完全瞭解，蘇曼伽與他活在不同的世界。

「沒錯，淨化得連灰都不剩了。」蘇曼伽語氣仍帶著憤怒。「當初是因為被他們三個魔頭聯手對付，才害我與姊姊蒙此羞辱。但因為一場勝利也讓他們樂昏頭，高估自身實力。如果是一對一，我不只必勝，更要把當日恥辱加倍奉還！」

「幸好有妳鎮守格蘭號。經歷這場戰役，喬治與其他兄弟，願天主垂憐，有受到嚴重的傷害嗎？」

「沒什麼，大家都還好，戰鬥才開始半鐘頭不到。」

「半小時而已？」威廉總覺得自己在維納斯港街頭閒晃了大半天。

她摸著下頷嗯了一聲。「或許，夢中的時間流動比較迅速。」

「總之，就這樣解決一個核心幹部了。」他必須承認，戴維斯先生攔獲的內部文件，確實是非常實際的資訊。更重要的是，在玳瑁港的尷尬糾紛後，蘇曼伽與他非常有默契地假裝什麼事情也沒發生繼續航程。「只剩罪魁禍首：血腥司令，與他神祕的副手：骷髏船長。」

「我……我們真的有辦法對付他們嗎？」藍鳶不安搓著手，看著自己腳尖。「當年就只有一個……血腥司令，已經四處掠奪，所向披靡。現在身邊又多其他邪惡巫師當幫手，一定更難應付了。」

「當然囉，他們的齷齪思想、手段與行為，都會像今天一樣灰飛煙滅。」她拍拍兩人的肩膀，「只要我們同心協力，走在正確的道路上。」

威廉把手擺在胸口，「我相信妳的姊姊一定會平安歸來。」

「嗯，我能感覺她的氣息，就在某個地方。她一定會沒事。」蘇曼伽看一眼茫茫大海，嘆了口氣，接著朝他們攤開掌心，露出一只紡錘。

「怎麼處置這東西？」

「這是什麼？」威廉問。

「戲班子的傀儡繩。」

她撥動半透明絲線，映射出銀白色反光。一大束銀絲網羅哈爾普號，其他幾束則聯結其他艦艇。

「雖然不清楚這是什麼幻境，但目前我已經先暫停流程。指揮官，需要馬上燒毀幻境，喚醒他們嗎？」

「我恐怕這不是個好主意。」威廉垮下臉色，「任何人都不該知道真相，他們無法接受這種陰影，這種打擊。」

「聽起來，不是場好夢。」

「可否得知其他人的夢遊……」回想起的過程令威廉難以啟齒，「進行到哪個階段了？」

她掂了掂繩線，全本劇情、香豔畫面與煽情呢喃瞬間流入腦海。

「啊，這是……」摀臉的蘇曼伽，紅暈依舊明顯，連耳根也發燙。「真是滾燙得使人喪失自我的慾望！」

雖然男人與女人可以做什麼，蘇曼伽並非懵懂，壁畫與雕刻早教導過她，但顯然花漾女王編織的感官效果豔麗超過她能想像。

「呃，該死！請原諒我唐突的要求。」他懊惱踱地。

「就……已經過了那個階段，但也還沒到那個階段……」她也吞吐回答，雙頰越顯脹紅，「唔，反正就發生在你們兩人的情節推進特別快，不准再細問了。」

「呃……」

「唔……」

三人都撇過頭，看著毫不相干的地方。

「那個……威廉，」藍鳶率先結束沉默，「格蘭號人員揮旗，請求指示。」

「知道了。」他深深嘆氣，做出決定。「相同的，這邊發生的事件也暫時不能格蘭號人員知情，除了喬治之外。荷米斯，通知他們先行前往熱帶維那斯港，並說我們隨後就到。」

「熱帶維納斯港？」

「為了避免耽誤進度，本來不打算停靠。那是個醉生夢死的的溫柔鄉，不論是誰在那邊待個三四天，都會分不清夢境與現實。但我們現在就需要這樣的灰色地帶。等到了熱帶維那斯港，再讓他們淡出夢境，進入另一個溫柔鄉吧。你們有辦法隨心所欲控制這個幻境嗎？」

「我們那裡沒有類似的魔法技藝，直接中止對我來說比較容易。」她掂了掂絲線，「而且這是男性視野，我不知道對男人而言，什麼是自然而然的淡出。」

「讓我幫忙吧。同時催眠數百人來忘卻記憶，只怕會露出更多破綻。」藍鳶附議。「雖然我的力量無法同時操縱幾百個人的意識活動，但我懂一些編織夢境與幻境的方法，如果與蘇曼伽合作，說不定可以有辦法。」

「太好了，那開船的技術問題，就讓我跟喬治商量吧。」威廉再次嘆息，一副想逃離這話題的模樣。

「太好了，」蘇曼伽嬌羞又氣呼呼的交出紡錘，「在那之前，先給我幾分鐘冷靜一下。」

這齣集各式情色研究大成的劇本擦出的火星，就算沒了創作者，依然在每個人腦中盪起圈圈漣漪。

第十一話

「所以，這就是事件的經過。」喬治搔頭，「東方世界果然充滿不可思議，而且最恐怖的風景是人。」

「嗯，對其他人我覺得還是不要揭露比較好，好不容易讓夢境順利過渡到現實。」藍鳶語氣疲憊。

「恐怖的是慾望以及被慾望操縱而不是掌控慾望的人，雖然到底有沒有存在一個掌握慾望全局的主體而如果有那又是什麼依然是個問題，但降低慾望作為大方向至少比縱慾好些。」蘇曼伽不假思索說了大串，但看起來也似是本能應付，其實沒有要表達什麼。

「知道知道，放心吧。」喬治拍拍胸膛保證，「我還以為你們是集體中暑或流行病之類的。」

「哦，為怎麼？」威廉的語氣心不在焉得明顯不過。

喬治迅速瀏覽了圓桌上三位的表情：羞怯泛紅、侷促尷尬、焦躁；眼神分別對著地板、天花板，還有一位雖然看著他說話，但其實並沒在看他。雖然很難定義什麼叫「一個人看著你說話但其實是講給你背後的空氣聽」，通常進入此情境的人自然會有強烈體會。

唔，顯然任何話題都不值得討論。

「沒什麼。」

「既然如此，讓我獨處幾天吧。」威廉起身送客，「除了送餐，任何人都別來打擾我。」

藍鳶憂心地注視他。

「不用掛懷，我只是……」他聳肩，「有點疲倦罷了，趁這機會多休息就可以恢復精神。」

「正是如此！」喬治毅然起身離座，把藍鳶與蘇曼伽推出房間，「俗諺說的好，就讓休憩來偷走疲倦的骨頭吧！」

關門前，威廉勉強擠出個微笑表示自己精神良好。

旅人的落腳處，熱帶維納斯港，四季風平浪靜，歌舞昇平。就是停泊港灣之上，也不時聽見風中傳來女子款款歌聲。

喬治停下腳步，靠在欄杆旁欣賞綺麗小鎮。可惜了水下倒影，清麗的像伊甸。

「方便問個問題嗎？」他謹慎措辭。

「恐怕不適合淑女回答。」蘇曼伽插手抱胸，「善後的夢境是他負責編織的。」

「沒關係，問我吧。」

「嗯……啊……這……」

喬治反覆吞回舌尖的話語，好像反芻可以帶來營養，滋潤字句。

「小威在夢中，看見了誰……是她嗎？」

「雖然我沒遇過本人，但應該是，」藍鳶刻意壓低音量，「芙羅拉。」

「果然，」喬治嘆氣，「還是忘不了。」

「她……芙羅拉到底是怎樣的人呢？」這下次換藍鳶開始反芻字句，「其實我與威廉相處這一年多，他很少主動提起。但在他的夢中，她的形象漂亮的接近完美，而在這閃耀的背影之後，又隱約好像可以感受某種情緒……一種極度壓抑的情緒。」

「這該怎麼說呢？」喬治沿著眼骨搓揉，彷彿這樣做可以讓思緒清晰點，「唉，有機會再說吧。對了，廚子跟我講，說我們把糖吃得精光啦！這小鎮雖然不是貿易港，攤販賣的民生物資也算得上應有盡有。船隊讓我顧，你們去岸上晃晃吧。」

「哪種糖呢？」藍鳶拿出紙筆，認真看著喬治。

「什麼蜂糖、白糖、楓糖、蔗糖都可以，隨便。看的什麼買什麼，喜歡什麼買什麼，都好，都好。還有，」喬治從口袋拿出張宣傳單，摺痕一絲不苟，「也不用急著回來，晚上似乎有煙火秀，你們年輕人自己看著辦吧！萬事……」

喬治看了看蘇曼伽，把沒講完的「謹慎」吞回肚子，接著拍拍藍鳶肩膀後離去。

「哦，要逛街了嗎？」

蘇曼伽踮起腳尖，興奮地遠眺市集街坊。

「聽起來不錯。」

不可否認，他也想換個地方走走，轉換心情。另方面，他認為即便威廉想獨處，也該一個人到岸上閒晃而不是關在船艙裡。

「等一下。」蘇曼伽眼神流轉，呢喃沉吟。

果然不想與太弱小的魔法師同行吧。藍鳶心底如此擔憂。

「我得換個裝扮，這裡很接近東荳蘭了。」

而她寬大的視界、美德更甚於外貌。

「怕被熟人發現？」他笑著問，上一秒才提心吊膽，此刻卻想趁機多了解她一點。

「應該沒有熟人，但有機會被認出。」

「不簡單，蘇曼伽果然是什麼家喻戶曉的大人物？」

她掩嘴輕笑，用神祕的表情代替回應。

再次登台，蘇曼伽首先伸出一隻雪白吊袖，鑲以花邊，「接好。」

是他那頂酒紅色的紳士帽。

「準備好與我的帥氣匹配了嗎？」

她則戴頂炭黑寬邊帽，帽簷微捲，雪松色緞帶繫著三隻羽毛。「怎樣？是另一個的人了呢。」她踩著高筒靴旋身，無袖鵝黃色外套邊緣的絲帶結飾，以及筒狀長褲尾端的金蕾絲橫帶子跟著飛舞。

英氣逼人的景象令他愣了半天。

「不像個女生吧？」她站立時刻意拉長雙腿間距。「我之前就覺得，威廉的衣服與我異常合身。」

「世界上最俊美的男人，」這是藍鳶想出最合宜的詠嘆，「也是最英俊的女子。」

他認為她至少該用這定裝留下一幅肖像畫。他害怕只憑他的記憶，若哪天自己腦中映像開始褪色，就太可惜了。

但如果真留下這樣一幅肖像畫，也該掛上布簾遮掩。這麼出塵的相貌，不該輕易公開在俗世，徒然耗損神性。

「所以，是好看的意思囉？」她眨了眨眼。

「是非常好看的意思。」好看得令他不敢目光常駐，彷彿會洩漏某種祕密，「第一站想去哪裡？」

「當然是搶占觀賞煙火的好位置。」

❋ ❋ ❋

施放前夕，全城屏息。

路燈、燭台、紙燈籠與火炬照得馬路通明。現下是不夜城的正午。

觀眾期待的高峰，由峽角發射第一發高空煙火拉開序幕。轟然巨響，港口百帆接連換上紅綠紫色彩，人群開始沸騰。

單人、雙人、三人或七重奏編制的大小樂隊，像雨後的野菇憑空冒出，面對各自的群眾演奏進行曲、圓舞曲、小步舞曲、詠嘆調、愛國曲目或民族音樂。酒吧小弟不停出出入入，盤上的酒杯老是一掃而空。

兩發煙火同時升空，沒有炫麗爆炸，單純白熾強閃光（就是個照明彈，某個觀眾如此評論），一路彼此交纏，在夜空畫布上殘留雙股螺旋麻花捲。

訊號發出，一對端酒的小弟與兜售棉花糖的女孩率先跳出第一支舞。漣漪擴散，全鎮的人紛紛兩兩成對起舞。爛醉酒客與舞女、街頭賣藝人與小猴子、歌伶與空中特技演員、廚娘與搬運工、軍官與陽台上的敵國寡婦、男侏儒與女巨人、半羊狄奧尼索斯與狂熱女信徒，踢踢躂躂、蹦蹦跳跳或旋轉換位，港都被舞者占領。

而我們的主角呢？蘇曼伽早按捺不住了，每條肌纖維都在鼓譟。迷霧中散落的種子，現在花朵已綻放如此燦爛，美好的果實必須在腐朽前採收。

「跳舞吧。」她伸手。

「但我們東方人……」他面露猶豫與驚惶，好像眼前要跳下的是蒸騰的油鍋，「東方人一向不擅長肢體語言。」

「少來，」蘇曼伽明快緊抓他想搖擺拒絕的雙手，「我們『東方人』最愛唱歌跳舞！」

「我真的不會呀，看起來像醜小鴨好笑又滑稽。」

藍鳶被蘇曼伽從木桶上拉下，一路踉蹌。

「跳舞跟快樂一樣是本能，因為唱歌跳舞是多麼快樂的一件事情。」

蘇曼伽左手握住他掌心朝前延伸，右掌按在他肩骨下緣托起姿勢，讓他自然而然將另一隻手搭在她肩上。

她知道他們起舞的方式，那些年輕軍官都這樣帶她。那些場景在他眼中比任何酒都苦。鬥牛舞過於血脈賁張，略過。法國號數著節奏的宮廷華爾滋，速度適中。

「開始囉。」

「真的很笨拙喔，會被笑的。」

「誰管他。」

她從簡單的方塊步練習，當他不再踩到她腳上後，開始轉圈，三分之一圓，八分之三圓。等水平面上畫出合格弧線，再加上垂直波動。現在他們看起來就是隻在陸上移動的花水母。

「別一直看地面。」

「啊，好。」

藍鳶猛然抬頭，驚覺她的表情像朵完滿盛開的紅薔薇。她不准他盯著地表，於是他只能凝視她雙眼。他不再記步法，任由蘇曼伽引領；她要他進就進，要他退就退，要他到哪他就到哪裡去，反正她永遠在一步之距內。

舞越跳，那一步越短，短的不小心就要觸到她鼻頭。他已經在花辦上，再不小心就要躺進花蕊懷裡。

她獨特的香氣再次令他意亂神迷。她每次登場時，撲面的香息都令他措手不及。

「什麼時候，妳發現了我？」此刻，他感覺自己特別大膽，平時不敢說的疑惑都能發聲。為什麼是我呢，意外獲得賞賜的幸運兒都有類似的疑問，懼怕從美夢裡同樣莫名醒來。

「你不是一直都在嗎？」蘇曼伽故意裝傻。

「妳知道我的意思。」

「傻問題，」她的語調又融化他一點，「當我目不能視，口不能言時，是誰將我從黑暗中解放出來的呢？」

「噢噢，我都忘了。」他的微笑帶點傻憨。

「可憐的藍鳶，通常人們只記得自己的好與他人的不好，這是保持樂觀開朗的秘訣。」她握住藍鳶的手又緊了點，「你怎麼偏偏與大家相反呢？怪不得臉上永遠有種淡淡的哀愁。」

「是這樣嗎？」他微調雙眉與眼角，不清楚自己現在的表情，是否依然帶著一抹憂傷。

她說，在她的母語裡有一千種辭彙專門描述香氣：金疾雨、五色彩雲、閃耀的火光、螺旋與跳躍、少婦容顏與初乳、錫卡哈曼陀羅、十五歲女孩的晨曦、迷濛的眼神、能扯斷因陀羅網、心尖瓣膜也要離家、老奶奶毛毯、缺個男主人、紅毛丹鬚絨上的果露……

他只知道，燦爛煙火已經液化，女神浮雕的輪廓逐漸模糊，萬物都在旋轉，理智溶解在她金澄色吐息間。

世界是葡萄藤的一場午夢，在春天。

❋ ❋ ❋

夜裡，他做了場長夢。

像被蒙在大鼓內，入耳的聲波格外沁涼，無盡的湛藍環繞著他；他在海中。偶爾，單位通常是十來年，他會稍微擺盪四肢，因為每撥動一次大鰭所引導的海流可以前進百餘里格。同時，海面的島嶼也同步飄移——那是他的殼。他是隻海龜。

已經是很久很久之前的舊事了，最遲在黃金年代與第一顆蘋果被咬下之前。

彼時，島嶼會移動，疆界不存在。寧芙女神偎在礁岩上唱歌，人魚與海蛇共舞，能在浪尖上風馳電掣的是海神的金馬車；然後他們在島上舉辦歡宴，天體主義式的宴會。

當然是天體主義，那時海上還杳無「人」跡。

一切皆似前天才剛發生。

然後昨天，因為感覺疲累，「銀」與「方」閉上雙眼不再滑行，他們成為了實實在在的兩座島嶼。

而今天，或許是天空沒那麼藍了、椰子不再多汁、氧氣沒那麼充足或鯨魚朋友減少，總之，輪到他染上了倦怠。

他知道，是時候遠離這世界。

然後他就醒了。

光線穿透微微睜開的雙眼，他察覺蘇曼伽正坐在窗台上，薄被不穩地披在身上，垂盪的腳趾頭像蔥尾白皙光滑。

她慵懶地看著一隻磚瓦上的虎斑貓，太陽曬得奶油色毛皮發亮；虎斑貓擺動耳朵，瞄了蘇曼伽一眼，轉身繼續趴睡。海風徐徐吹拂，外邊陽台與樓頂上的萬國旗繽紛起飛，像風箏一樣有了生命力，室內的半透明蕾絲窗簾與灰塵也被紛亂掀起。

混亂留在夜裡，此刻她澄清無比。

從開始，蘇曼伽就有預感，經過至趟路途她的世界會變得不同。現在看起來，唔，還不算太壞。

細風悄然遞來片金箔葉子，不偏不倚落在蘇曼伽掌心。她雙指夾起金葉子，輕輕按在額頭上彷彿與之對話，接著又輕吻了一下葉片，最後編入手鐲。

藍鳶沒出聲，他的舌尖還沒出現適宜的話語。

事實上，好一段時間，藍鳶皆身處狀況外。有一個自己站在後台看著他進行一連串不可思議的行為：溫熱的掌心、一個擁吻（再一個）、心悸與喘息、坦承（必須害羞，拿掉無花果葉）、一陣顫抖等等。這是一組全然陌生的符號，尚需要時間揣摩。

「醒就醒了，幹嘛裝睡？」

另一個屋頂上的褐紋貓喵喵叫了幾聲，虎斑貓緊接追上。

「怕睜開雙眼，這只是場夢。」他把臉深埋進枕頭，卻得到滿滿一口霉味。像個誤闖進樂園的孩子，倘佯在她的恩惠裡。

蘇曼伽笑了笑，從窗台跳回室內，倒了杯溫羊奶拿至他身旁。

「喝點東西？」

「不要，我起床習慣喝茶。」他忽然覺得這一刻，可以任性。

「唉呀呀，真傷腦筋的要求。」

「只是習……」

她將他翻過身，用一個灼熱的深吻讓他澈底清醒。

「不是夢了吧。」

蘇曼伽似乎特別喜歡逗他驚魂為樂。

「噢……」他睜開雙眼，瞳孔帶有墨水的光澤。

她撫摸著他的臉頰，彷彿他是隻躺在腿上的貓。

「好漂亮的眼睛，有種寂寞的顏色。」

她的凝望，使他有種宛若裸身的感覺，儘管事實上，赤裸上半身的明明是這個一頭蜷曲赤髮的女孩。她察覺他的情慾緩升，她將他的雙手拉到胸前。

「是不是又在想：為什麼是我了呢？說不定，我只是想看看，最最溫馴的人，張牙舞爪會是什麼模樣。」

「笨拙的模樣。」他笨拙傻笑。

「那，笨拙的人。」她指尖滑過他掌心，「這次想要什麼，要自己說出來才行。」

「說出我想要，想要就會成真嗎？」他瞇眼，半信半疑。

「說不出『我想要』的人最無助，但只要你說出來，你具備的千百種魔法都會派上用場。」

「命運只從我身邊奪取，未曾施予。我有資格想要嗎？」

「命運，就在我們的手裡。」她又把他的手拉近一些，距離自己的肌膚，只有一顆葡萄籽的距離。

他撫過懸在她乳房前的髮絲，隨後緩緩抽回雙手，攤放床邊。「肚子餓了。命運女神，我想要麵包。」

她輕笑，「也是種本能。」接著去拿來一籃麵包，用木製的奶油刀在小圓麵包上抹上橘子果醬，然後一口吃掉。

「不是給我的嗎？」藍鳶訝異看著蘇曼伽。

「沒想到藍鳶是這麼自私的人，只想要一個人獨享所有的早餐。」

「哪有？」他紅著耳根辯駁。

「你的反應真是讓我永遠不無聊。」她抹了一個麵包遞給藍鳶，加上一大把糖粉。「那天不小心看見你的祕密，所以我也要說一個自己的故事，想聽嗎？」

「當然好。」
他兔子般豎起耳朵。蘇曼伽健談，卻從不詳細介紹自己；所有人都極度好奇她的背景。
「在我學會走路前，媽媽就因病永遠的離開了我們。打擊太劇大，於是癡情的爸爸只能藉著深山苦行來忘卻悲傷。所以，爺爺就像爸爸，姊姊……就像媽媽。」
藍鳶注意到在這幾句話之間，她短暫卸下平日的全副武裝——彷彿與什麼東西持續戰鬥的警覺姿態，幾分神似威廉，大部分是她所特有。那是種高度思維，隨時透視、分析眼前的一切。
「唔，是這樣……」
但他不知道該如何表達意見。諸如「妳現在身邊不是還多了我嗎」之類的貼心話，對他太難。
「這樣，我們就扯平囉。」
「嗯，」他點頭，「讓我們趕快找回妳的姊姊吧。」
「到時候，就用我新釀的美酒來慶功！」蘇曼伽切回冰雪聰明的神情，一如往昔。「不過在那之前，你要怎麼跟你的女朋友解釋航程中發生的事情？」
「女朋友？」他眼睛張到極致，「對誰解釋？」
蘇曼伽伸出食指，用力把藍鳶胸前的墜子掐入肉裡。
「噢噢，你說著個。」他哈哈大笑。「那是威廉給的。」
「原來也是有男性互送珠寶的文化。」她點頭，好像理解了什麼。
「似乎不是這種情況。那是他偶然得手的戰利品，他覺得這東西似乎蘊藏力量，就轉送給我了。」藍鳶拎起水晶墜子。「瞧，是不是有股微妙的感覺。」

她皺眉盯著墜子一會兒。「難以言喻，好像有，又好像沒有。話說，你在魔法方面確實很有資質呢，都不知道被你學去多少東西了。」她用指背摩娑他左眼，「想替這小紅斑復仇嗎？」

「復仇？」他上半身坐起。

這字眼令他恢復理智。

「到目前為止，我從沒看你使用過攻擊性質的咒文，是不是？但就算是我，如果同時對付剩下兩個海賊魔頭，也會感到非常勉強。所以特別破例，無償傳授你幾種強力破壞魔法，好不好？幫我嗎？」

藍鳶咬著下唇，陷入長考。他感覺在之前，她的聲音彷彿白色天使的話語，但這一刻開始，顏色開始扭曲起來，嘗試勾引他心內另一個潛藏的聲音。

「你跟著威廉一路追到這邊，還有其他目的嗎？何必猶豫呢。為了家人，你要復仇。為了更多的人不再受害，你要復仇。」

「我只是因為朋友的邀請，加上暫時沒有自己的計畫，才會在這裡。」

蘇曼伽望向天花板的壁癌。「所以，這就是你拿來說服自己的藉口了。來，我們慢慢說一次，『我只是因為朋友的邀請，加上暫時沒有自己的計畫，才會在這裡』。真的超有說服力的。」

最終，他選擇用低頭沉默做為答案。

「噢，為什麼不？」她掐著藍鳶的肩膀，無法理解。「你有最正確的理由報仇，讓罪惡者付出應得的代價。你已經擁有力量，直接操作元素也好，編織因果進程的詛咒也好，只要能攻擊你的仇敵，為什麼不？」

「因為，我覺得……」他不甚確定，怯懦的說著，「這世界，不應該教我們理直氣壯的去傷害別人……」

「有人揮拳，有人受傷，你不阻止嗎？」

「我讓揮拳的人打到自己，保護被攻擊的人不受傷。」

「喔老天！」蘇曼伽感到不可思議，「所以你想從旁協助，目睹仇人敗亡，卻不想親自動手。告訴我，難道這種既不乾脆又不直接的迂迴做法就不算傷害了嗎？啊，我忽然覺得自己是雙手沾滿血腥的劊子手，怎麼辦？」

「抱歉，我不知道。或許……我還在尋找答案也不一定。」被她的問題逼到牆角，他坦承傻笑。「但我知道，妳是守護我們的幸運女神，多次保護我們不是傷害。」

「好吧，至少你有勇氣承認自己是什麼都不知道的傻瓜。」她吐了口氣，「等哪天謎底揭曉，也請與我分享。我也想知道，溫柔的人如何在這殘酷的世界存活。」

「真的很抱歉，我無法符合大家的期待……」他雙肩削下，別過眼神。

「告訴我，你學習魔法的理由。」

他猶豫良久，用一種接近羞愧的語氣緩緩說出：「愛，與被愛。唔，又答錯了嗎？」

「哪有什麼答案呢，傻瓜。」她環抱住他，「每個人都可以選擇自己的道路。」

「真的？」

「真的。」蘇曼伽輕撫著他心口，「不過，既然你拒絕了我的提議，那你就得用自己的方式追上我。」

「這是？」藍鳶詫異看著胸前浮現的大花紫薇圖案。

「在有能耐解開謎題前，你無法與任何人分享昨天的任何祕密。」

「唔，這算是詛咒的一種嗎？」

他皺眉，看著大花紫薇逐漸隱入心房。他現在很確定，蘇曼伽喜歡欣賞自己情緒跌宕的模樣。

「看你怎麼想囉。」她眨眼，「只要你能摘下這朵花，娶個國王都沒問題呢。」

唔，他得更正先前的判斷：癲狂之夜的非理性思維還殘存一點在她身上。

「好了，來討論正事吧。」

「聽起來很不錯。」刑求時間終於結束，「最近一連串言詞爭鋒失敗，都讓我懷疑自己不是個魔法師了。」

「你難道不知道，渴望這種東西，越是極力隱瞞，越是明顯嗎？」

「現在知道了。」他舉手投降。「大人饒命。」

蘇曼伽把綠色披風拎到床邊，接著搬動小茶几，合併成大桌面。卻在最後一步被絆了一腳。

「噯，什麼東西掉到地上？這間旅店都不打掃的嗎？」

她彎腰撿起一個小巧玲瓏的玳瑁殼，表面光亮的彷彿上過膠漆，鏡面下還疊著無數鏡面，光線不停折射與反射，映射出無數的蘇曼伽鏡像。

「給你的。」她把玳瑁殼傳給藍鳶。

「妳怎麼知道？」

「直覺。」她敲敲腦袋，「來看看這幅海圖，是我從花漾女王身上發現的。聽說血腥司令是個老色鬼，找這麼久了還沒有他的蹤跡，真擔心姊姊……」

「確定是指名保留給紅色司令？」他儘量使用委婉的用詞。

「嗯，有段時間我們被關一起，老魔頭總是色瞇瞇看著姊姊，想到就好不舒服。」

「大約十來年前，因為一場意外遭遇，我們的院長曾和血腥司令進行場決鬥。院長在他身上留下詛咒，從此他只能在月蝕之夜解封……做色瞇瞇的事情。」

「所以他四處網羅女孩，就是為了那天嗎？真是勤勞的螞蟻！」

「在那天來臨前，妳姊姊應該安全。」

「笨蛋！這種事情怎麼不早講？」蘇曼伽惡狠狠捏了藍鳶一把，「害我擔心的要死。」

「抱歉……」藍鳶小聲的追加一句，「但妳又沒問，我要怎麼說……」

「時間不多了，」她掐指計算，「再過十天就是月蝕夜。」

藍鳶瞪大眼睛，「這妳也知道？」」

「當然，咱們荳蘭國的曆法可是享譽東方，我們還可以精確預測，月蝕後再十個月的無月夜就是八星連珠，天文奇景。」

「我一直以為那是無根據的小道消息。」

「屆時便知，在那之前……」

蘇曼伽攤開羊皮卷軸，圖上經緯線交錯，但該是描繪地形的墨水卻完全渲染，變成一道道海波浪在圖上游走，觸邊後變成碎浪反彈，小細浪又互相結合成大海浪，再次觸邊破碎，周而復始。

「我試過很多次了，都無法平息浪花。」她坦承失敗。

「得讓這張地圖風平浪靜才行。」

他想起家鄉的某個祭典，用以祈求風平浪靜。接近半世紀的時間，祭典都由那終年身著西湖色的老奶奶主持。

「有線索了？」

「似乎有印象，讓我想想。」

記憶中，老奶奶似乎很喜歡他，常常攜帶糖果來家中拜訪，三不五時在他耳邊叮嚀些什麼。該死，太久遠了，他早忘了她說的內容是什麼。等等，他好像想起些什麼，在老奶奶家有顆比嬰兒拳頭大點的玉珠子，能在夜裡散發螢光，大家都說那是無價之寶。

「蘇曼伽，上次我們買的那顆珍珠，能借一下嗎？」

「沒問題。」

她從銀手鐲上摘下其中一顆珠子。藍鳶把珍珠懸浮在地圖上方，試圖引導出珠子本身蘊含的力量。說也神奇，羊皮卷軸上的波濤逐漸減弱。

接著，他從口袋掏出一個褐色玻璃瓶，用指尖沾了點粉末，彈落在珍珠上。珠子快速自轉，閃過剎那青光後恢復原狀。溢流的墨水也跟著收攏，顯露出原始的海圖輪廓。

「還得再增幅。」

「剛剛那是什麼，好神奇。」蘇曼伽雙眼發亮，直盯著褐色玻璃罐。

「魔法粉末，煉金術士的心血結晶，也是菜鳥魔法師的好幫手。缺點是單價有點高。」他把瓶子遞給蘇曼伽。

「也就是說，將不可見的力量，暫時儲存在物質中。」她搖著粉末，細心研究，「我一直以為所謂魔法，應該無法從人體抽離的精神力。但這個東西打破的我的陳見。真令人讚嘆的技術。」

「我還有備份，喜歡的話，這瓶就送妳研究吧。」

在之前，他並沒意識這粉末有什麼特別之處。源自個人意念的魔法，竟能經過純化而廣泛應用，說來確實特別。

藍鳶不由得欽佩她對學問的敏銳度。

「除了擅長精神與物質之間轉化的魔法師，也是有擅長解謎的魔法師呢。」蘇曼伽讚賞的眼神從玻璃瓶挪移到藍鳶身上。「看來剛剛的咒語也無法困你太久。」

「關於解謎，我勉強還有些自信。倒是我自己的謎底最近都被人掀光了。」他不習慣接受讚美時的對應姿態。「而且就算沒有妳的禁言術，妳覺得我是那種把戀愛史拿來四處炫耀的人嗎？」

「這……我開始覺得有點多此一舉。算了，你就當成是練習吧。」她聳肩，內心感覺疑惑：究竟是藍鳶原本就不會對人產生威脅，還是他無時無刻嘗試讓她相信他毫無危險。於是她伸手輕輕捏住藍鳶的鼻尖。「說，『你是我的』。」

雖然蘇曼伽突如其來的舉動讓他意外，「我是妳的。」加上一個微笑。

如果他是個頭腦清醒的魔法師，應該知道剛剛那句話給了她足以殺死自己的權柄。蘇曼伽此刻內心油然而生一種打破易碎品的罪惡感。

「怎麼了嗎？」他把珍珠返還蘇曼伽。

「沒什麼，之前答應你的一個禮物，如果想好了要什麼記得跟我說。」她有點慌張地把珍珠鑲回手鐲。「如何，這張海圖是有用的資訊嗎？」

「嗯，該讓威廉瞧瞧這張藏寶圖。」他端詳海圖中央的紅色交叉，城垛內布滿金銀珠寶，還有一行小字注解：「新根據地」。

「噯呀，怎麼有種陷阱的氣息。」蘇曼伽也拿起海圖審視。

即使是圈套，同時也是線索。如果是威廉的話，絕對不會退怯吧。

但難得地，他反而祈禱上天別讓威廉選擇安全的道路，而是繼續冒險追擊。這使藍鳶覺得自己不像自己。他想，一定是因為仇敵就在不遠處，思緒才如此躁動難安。

啊，竟然還使用了「仇敵」這麼情緒化的強烈字眼。藍鳶費力想控制腦中的念頭，反而訝異於體內另一股豐沛的陌生意識：想要某物與想要摧毀某物的慾望，凡所觸及，滿溢的力量宛若新生。

藍鳶努力說服自己，踏上此趟旅途是為了逃避無聊的工作、為了威廉的功勳、為了和麥西米連的環球遊歷一爭精彩、為了回去參加艾蜜莉的婚禮（而她總偷偷請藍鳶當模特兒來設計禮服）……至於復仇，這想法令人變得醜陋，他不喜歡這念頭揮之不散。

「啊，那裡是……」蘇曼伽語氣變得凝重而且不祥，顯現罕有的猶豫，「充斥怨氣與邪魅的古戰場。」

但一陣宛若被羽絨撓過的癢感讓她的思維瞬間收回肌膚的邊界。不知什麼時候，他已經從背後摟抱住蘇曼伽，十指在她肚臍前交扣。他偎在她後頸輕聲說著：

「工作與早餐都結束了，再讓我們體會一次，人生的甜美吧。」

「原來你的責任感這麼重，真令人心安呢。」她伸手從麵包籃取出一罐龍眼蜜，「喜歡吃糖嗎？」

「我想，應該是喜歡活著的感覺。」他把臉越靠越近，直到兩人的臉頰貼在一起。

她單手旋開瓶蓋，接著用食指沾了些蜂蜜抹在他鼻頭上。

「妳今天對我鼻子好有興趣，但浪費食物不好喔。」

「那就別讓我浪費。」她又抹了些蜂蜜在他鎖骨上。

第十二話

弦月斜照，為荒野河谷添上幾筆清涼的藍色微光。

夜已深，呼嘯的山風更顯冷冽。儘管夾岸綻放大片鈷藍的勿忘我模糊了河流的視覺邊界，卻彷製不來屬於激流那沁涼透骨的觸感。

剛從深山宣洩而出的水流，沿途猛烈拍擊並消磨任何看不順眼的岩石，卻依然無法撼動橋墩分毫。

橋墩之上，是由三層拱橋堆疊構成的水道橋，氣勢恢弘宛若神殿。

當人們遺失了古老工藝，這見證時代輝煌的古物也會被冠上另個疑懼的名字：惡魔橋。但不是現在。

吟遊詩人在上層的狹窄走道漫遊，輕鬆的腳步彷彿走在春日微風中，只是衣袍翻飛的有點誇張。他身旁是由巨大岩材堆砌的橋頂隧道，裡頭平滑且安靜的流過另一條山泉溪水。

他輕倚著石壁，隨手撥動手上的七弦琴，接著旋身轉入隧道。

雖然烏黑一片，耳邊還有音波持續回響；吟遊詩人不總依賴瞳孔，他理解世界，藉由折射與反射的各種頻率。輸送水體的軌道約兩個成人寬，由玄武岩鑿切而成半圓渠道從遠方一一榫接，兩側有三步寬的石磚走道。

先是飄來橄欖氣息，接著幾顆橄欖「叩叩」敲響石磚，一隻蠑螈乘坐橄欖葉上。

他再次撥動琴弦，提醒貴客下站。蠑螈躍上另一端走道，搖身變成一位圓頂花鬍子老者，手持半拐牧羊杖。

「什麼驚天大事，需要大老遠來尋老夫？」

「祭司獲得神諭指示，進行最後一次『亞特蘭劇碼』時機即將來臨，就在下個無月的夜晚。」

老牧羊人兀自沉吟許久。

「那些老靈魂，竟然捨得魂牽夢縈的愛琴海。告訴我，外界到底怎麼了？」

「前些日子，偉大的公民們選擇了赦免殺人強盜，並處決一名講道者。」

「因為是異端？」

「此事讓長老們不安，雖然未必贊同那位東方人的理念，事實上，大部分的人皆不以為然。難以認同的主張，我們保持距離，但不是所有人的態度都與我們類似。對於異類，市民們越來越傾向撿起石頭。」吟遊詩人露牙苦笑，「像我這種他人眼中的怪胎，處境可糟糕了。」

「真金不怕火煉，須以火柱維持其權威者，必非真理。那與大海的另一端取得連繫了嗎？」

「彼岸表示：竭誠以待。」

「但是……唉，再進行一次亞特蘭劇碼，意味著傳承中斷。散布在這片大陸與海洋的傑出巫師們已經所剩無多。」

「這也是我此行另一項目的。長老們根據神諭，延請巧匠打造四只魔法容器，打算將存於今昔所有知識，按照水、火、土、風屬性灌注其中封印。祭典進行同時，將遺人送至羅馬。這項工作如果沒有導師參與，彷彿鹽失了味。」

「喔？連編織羊毛的技藝也要收錄進去嗎？」

「導師依然風趣。」

「對了，那些亞馬遜鐵娘子呢？」

「她們留下部分成員，自願成為孤燈一盞，照亮亙古長夜，也負責舊世界這端的聯繫。」

「原來如此，我們出發吧。唉呀，老人家容易岔題，作為我們這些老靈魂的遺產，那道具總有正式名稱吧？」

「似乎稱為，普羅米修斯之哀詩……」

尾聲

大小島嶼彷彿錯落棋盤上，看不見的礁岩暗伏張力。

船隊謹慎穿越群島，全員備戰。不知是烏雲、海流還是暗礁的因素，附近海色格外黯淡無光。

威廉對著航海圖深思，雙手環抱，不似往常挑戰強敵時的興奮。

「赤道似乎接近了，有些老兵問什麼時候舉辦繞赤道儀式。」喬治問著。「難得船上有巫師，頒布的證書應該更有效力。」

「這個時候還想著整新人，當心真的去見海神。」威廉直接拒絕。

「所以，沒有赤道儀式了嗎？」藍鳶進行確認。

「你想玩嗎？」

藍鳶趕緊搖頭。「沒有，沒有最好。有些新人跟我抱怨，很不想要繞赤道儀式。」

「請替我轉達那些新人：握緊他們的武器，才有機會看到我扮的海神王。」

熱帶儀式的話題結束，氣氛再度凝滯如一團濕鹽巴，連威廉指節敲響海圖的聲音都清晰可聞。

「真意外，戰無不勝的你也會緊張。」喬治再度搭話。

異常潮濕與高鹽度的海風，此時藍鳶烏黑的頭髮糾結如海帶。整船的人員，只剩威廉髮絲保持筆挺，朝天空亂刺。

「我擔心的對象不只是紅色軍團。」威廉皺眉搖頭，「昨晚開始，我們已經進入隸屬荳蘭王國勢力的極東航道，他們向來不算好客，希望別搞出外交糾紛。」

「沒有必要顧慮荳蘭國皇室的看法，」蘇曼伽攙著扶手，搖搖晃晃走上船樓甲板，「這海域曾發生一場慘烈戰役，即時參戰雙方國王，和談後多次來此告慰亡靈，冤氣依然徘徊不散。基本上除非必要，根本沒人會進入這一帶。沒想到，反成為海賊的隱匿地點……」

「原來如此，確實少了層不穩定因素。」

雖然威廉有點懷疑蘇曼伽如何精確掌握東方區塊的國際情勢，顧慮她的知識連星辰都可以使喚，便打消了問題。

「妳還好嗎？看起來不太舒服。」藍鳶比較在意她的氣色。

「糟糕透頂，你們都是外地人，怪不得都沒有感覺。」她屈蹲在木甲板上抱著頭，「腦袋……腦袋昨晚就開始嗡嗡作響。可惡，老妖一定有做功課，或是高人指點，才會選擇這鬼地方好窩藏。」

「荷米斯，可以勞煩你帶女士回房間休息嗎。」威廉風度翩翩的扶起蘇曼伽，「這回不仰賴女士的協助，讓我們來場轟轟烈烈的男人決鬥吧！」

他也走下船樓，逐一激勵隊員。所至之處，陽光照耀，烏雲也一掃而空。

藍鳶暗自想著，如果不是起床後一壺青茶的鎮定效果，他八成會感染威廉的熱血沸騰，一起慷慨激昂吧。

「到會議室就好，我想看看海上的情況。」

「噢，別逞強。」

「扶我坐在那張沙發上吧。」蘇曼伽勉強露齒微笑，「逞強的人不只我呢。」

他把蘇曼伽扶到專屬船長的特等席，螺旋雕刻與尺寸都額外豪華的柚木沙發。蘇曼伽雙手結印，半跏趺坐，在陌生音節的呢喃中收斂心神。

無事可做的藍鳶由左邊的窗戶踱到右邊，全部打開；相隔幾分鐘，又踱步回去，全部關上。

事實上，他感到異常憂慮與焦躁，三不五時鬆開領口也無法緩解。他無法理解，明明接下來面對的敵人就是血腥司令，為什麼威廉與其他人卻表現出不成比例的從容。

他們以為對方只是普通的海盜嗎？他們到底把血腥司令當成什麼？

不提他記憶中那肆無忌憚的咆嘯與猖狂身影，即使是擁有百拉崗稱號的院長，面對血腥司令，也只能部分封印他的邪惡之能。而那回合的交手後，院長付出了沉重代價，紅色森巴卻依然四處肆虐。

「一定要……成功毀滅他們。」

藍鳶發顫的手掐住窗台木條，指甲都陷了進去。

整個南隆灣，從未有人來到這位置，離伸張正義僅剩一步之遙。想到這點，藍鳶忽然感到些微的興奮感。

「真意外呢，你也有這種情緒，」蘇曼伽稍微回神，「多麼強烈的憎恨心。」

「有嗎？」他轉身微笑，「不小心就變成這樣子了。」

還是開窗好了，他需要氣流稀釋並帶走過飽和的情緒。

「我不是很喜歡自己變成這模樣，復仇呀以牙還牙之類的念頭，平常也儘量不去想。唉呀，今天是怎麼搞的呢……」

「可能是受到地理環境影響，這是容易聚集壞念頭的不祥之地。」

「果然是這樣。」

他接受她的善意謊言。

「你相信某些情況下，人死後意識會解離嗎？那場大戰結束後，屬於民族大義、歷史使命感、個人榮耀與皇族效忠等等高貴的意識部分陸續昇華，留下無盡的悔恨、痛苦、哀嚎、絕望、厭惡、詛咒這些最原始的情緒，驅之不散。『為什麼要奪去我的手腳與腸子？』、『刺穿的心口如何修補？』、『我想要回我的身體與生命。』這類的字句不斷在耳邊響起，怎麼會這樣呢？明明該是光榮與禮讚的『一勝戰役』，罪過呀……」蘇曼伽不理睬聽眾的反應，滔滔不絕說下去，直到她查覺衣襟已然溼透，「唉呀呀，你瞧，我也受到地氣影響，淨說些悲傷的東西了。」

他拿手帕拭去她的淚珠。

「看來，不論亡者與存者，用來忘卻悲傷的時間永遠太少。」

時間——由他自己說出的這組辭彙，意外朝記憶之井丟出小石子，呼喚深層某處；當謎底快要從轉角羞澀走出，感人重逢遭砲擊截斷。

開戰了。

當第一艘軍艦現身港灣，駐守簡易要塞的人員全副武裝，各就各位，準備痛宰政府軍。

當第二艘也駛入沿岸，開始有人撤回靠岸的船隻上，收錨揚帆，想找尋機會突圍，通風報信。

等第三四艘軍艦包圍出入口，海賊們舉白旗與雙手投降。

前哨戰迅速結束，登陸小艇和平順利靠岸。看起來大人不在家中。

勝利方在石英沙灘上搭起臨時帳棚，權充臨時作戰指揮中心。被套上連枷腳鐐的海盜們，毫無生氣坐在一旁，聽候發落。

根據地圖，紅色森巴真正的根據地位於一個隱密的海灣，兩道陡峭的峭壁夾在狹窄的出入口兩側，簡易的炮台就隱藏在榕樹氣根下。海灣水淺，戰船無法駛入，只能靠小船出入。縱使有炮台掩護，懸殊的戰力差距依然讓皇家海軍輕鬆取勝駐守的海盜。金銀珠寶則不知道是否收藏在鐘乳石櫛比鱗次生長的地洞中。

「有聞到股奇怪的香味嗎？類似佛手柑，但油膩噁心一點。」

藍鳶表達疑惑。難道海盜們培養出喝下午茶的高雅習慣？

「佛手柑與甘菊香？」蘇曼伽努力從包覆己身的芳香膜中辨識外界芳香分子，「姊姊的氣息！」

她自願參與搜查行列，與一小隊人馬深入熱帶灌木叢裡。

「該死，又撲空！」

威廉顯得惱怒失望。

「不見得。」

藍鳶將《新十字不為／廣為人知的風流佚事與羅曼秘辛》中，關於魔法院長與血腥司令的章節又詳述了一次。鑒於書中指涉的真實人物太多，他不打算亮出完整手稿。

「聽起來，非常合理的推測。」威廉摸著下巴思索。

「啊，是因為前天蘇曼伽又說到她對姊姊的擔憂，所以才把兩件事情聯想起來，」藍鳶急忙解釋，「而且，我以為這些八卦，大家都很熟悉。」

「好像有印象，大概是聽過就忘吧。」威廉拍拍藍鳶肩膀，卸下他的緊張，「我應該更常找你促膝長談，這樣才能知道更多秘辛。」

「果然有原因，」喬治摸著山羊鬍，「我記得有次血腥司令一口氣凌辱了兩百名貞潔婦女，時間上正是月蝕前後。」

「真令人髮指，」藍鳶不禁摀嘴，報紙上關於紅色軍團的消息他總自動略過，「那些受害者後來怎樣了？」

「你不會想知道的。」喬治劃了劃脖子。

「噢，老天……」

「所以，你的意思是，如果在這個根據地發現從各地被擄來的女士們，我方就大可守株待兔了。」

威廉把腳翹在桌子上，拉下帽簷，閉目等待結果。

答案揭曉，這座無名小島似乎曾經或即將是大本營，堆積如山的金銀珠寶，不藏在瀑布底下的地下通道，也不躲在半截懸崖間的鐘乳石洞，大辣辣隨意堆疊在臨時要塞，瞧每個搜查歸來的偵查員口袋都鼓鼓的。

蘇曼伽與身後的銀白色隊伍帶來另一個答案：一百條銀鍊鎖住一百位盛裝打扮的雪白新娘，沒有一件禮服染上汙垢——這項嗜好顯然沒收錄在布蕾太太的秘錄中。

少女們驚恐地顧盼，猶如誤闖戰地的森林精靈。

傳聞中的維拉詩妮則昏沉躺在妹妹懷中。棗紅色與虞美人糅合而成的秀麗長髮，捲出的一綹鬢髮好似藤鬚觸角，牴著心窩發癢；濃密的睫毛，像兩片七色鳥羽絨，層層輕掩雙眸（一定會成為時尚，未來）。嚴格說來，再沒任何美貌可以超越維拉詩妮的靈韻。

雖然維拉詩妮來到身前，藍鳶依舊感覺自己嗅到的氣味與維拉詩妮有些微差異。顯然，當下不是討論香水配方的好時機。

「哇，我們的單身同袍有福啦。可惜來得太晚，」喬治扼腕的捶打胸口，「我老婆都要生第五胎了。」

「別忘了，我們的身分是不請自來的賓客。準備份意料之外的大禮才是首要之務。」

威廉集合所有人員，精神抖擻的宣布作戰方略。

「聽好，大家稍後回船上，立刻撤掉所有旗幟，換上海盜旗。然後脫掉制服，換套平民點的裝束，拿酒瓶或喧鬧也可以，我們現在是早一步進港的海賊，等著狂歡節開幕。

等敵方進入射程範圍，聽後旗號指示，擊火攻擊主鑑『地獄之門號』，目標只有一個：血腥司令。敵人的火砲沒有我方精良，射程不遠，只能挨打。就算對方沒有上當，我們有射程優勢，敵方也要先吃我方一輪砲擊。如果敵方出現時已經天黑，改用照明彈當信號。

如果情況進入登船肉搏，採鋒矢陣，由哈爾普號與格蘭號負責夾擊敵方旗艦，其餘負責阻礙敵方支援。天祐女皇，榮光常照，帝國期盼每個男人恪盡其責，讓我們打一場漂亮的勝仗吧！」

政策下達，各分隊成員分別划回船艦，臨時指揮中心的帳篷也跟著拆解。

「副官，『地獄之門號』容易辨識嗎？」

威廉抱著手，督導撤退進度。

「改良式加利恩帆船，非常突出，你絕對不會認錯。壓低的船首構造看起來像血盆大口。」

喬治翻出調查報告書上關於地獄之門號的繪圖。

「嘖，這種情況，同時遇上第二號人物的機率很高呀。」威廉指節敲響桌面。「我記得名字是『骷髏船長』？」

「如你所說。『骷髏船長』這名字聽起就是個普通壞蛋，真叫人搞不懂他的能力深淺。」喬治繼續翻閱報告書。

「別每次都含糊帶過。」威廉使了個眼神，「他到底有什麼能耐？一個老三『花漾女王』差點就讓我們翻船了。」

「又不是我願意，針對骷髏船長，官方記錄少的可憐，根本一無所知。」喬治攤手，「很早之前，我曾向蘇曼伽探聽消息，畢竟她與邪惡三巨頭都打過交道。」

「然後？」他看向蘇曼伽。「外貌或特徵之類的？」

「不知道，」她搖頭，「我當時接觸的只是一個傀儡，一個名為骷髏船長的高強法師，從遠方控制的傀儡。如果他想換個模樣，只需換副身體就成了。總之，是個充滿謎團的角色。當時與我纏鬥的是血腥司令與花樣女王，由於戰況激烈我無暇顧及姊姊；等我回頭時，姊姊已經被骷髏船長控制了。」

「臨場應變了。現在該來考慮怎麼處置這些俘虜。」

「等等，這些女孩們呢？」她打斷威廉。「不能丟下她們不管。」

「如果讓小姐們登船的話，捲入戰火就太危險了，不如先留在島上吧。」

「喔，好心的威廉，我們路上已經討論過了，她們寧死也不想多留在這鬼地方片刻。」彷彿配合演出，女孩們開始低聲啜泣。想像這畫面吧，只要一位少女混和淚水的氣音，就足以讓每位男士都招架不住，乖乖投降；何況是兩百行淚珠串成的溪流呢？

「是了，說的極好！」喬治重重拍掌附和，「我們船底又髒又臭，住滿蝨子跳蚤，正好用來折磨這些小惡徒。至於小姐們，正所謂最危險的地方亦最安全，讓她們疏散到不沉的哈爾普號與其他船上吧！」

「好吧，我沒意見。」威廉聳肩，從善如流。「另外，喬治你去挑一小隊人員、選幾門大砲，推到上面的炮台駐守。荷米斯，我會非常感謝你，如果你可以協助他們搬動砲台。布置完成後你就回旗艦與我們會合。」

接著，就是等待，漫長而難熬。

起初，人們還會沒話找話聊，刻意攀談。等人們捨棄欲蓋彌彰的嘗試，只能三不五時瞇著眼看看太陽運行到哪個位置。好不容易，白晝結束，黃昏也結束。

一輪滿月升起。大洋的每個波浪心口也升起一個迷你月亮，交織成銀白色的魚鱗游向遠方。

氣氛開始有些怪怪。

彷彿感覺危險，棲息島上的水鳥們驟然撲翅群飛，海軍藍、苔綠、棕黃、鐵灰、珍珠白等，各色羽毛聒聒躁動，朝四面八方遠走高飛。沿途推骨牌似的，叫醒沿路島嶼上有翅膀的生物一齊加入逃亡隊伍。

水下的魚群也開始撤離，插不進行列的魚隻紛紛跳出水面抄捷徑。小姐抱歉，趕時間超個車。

閒雜人等悉數退下。不負觀眾期待，紅色森巴一字排開，自月下壯麗登台。

「真是感人肺腑的家庭大團聚。」旗艦艦橋上的威廉冷哼。

「唔……」僵硬的關節讓藍鳶咬字與發音都艱難無比，「好緊張……」

「克服緊張最有效的方法，就是平常扎實的訓練。」威廉試圖讓藍鳶回想熟悉的事物來恢復鎮定，「就像考試一樣。」
「好的，就當他是個測驗吧。」他深呼吸調整節奏，開始重複催眠自己，「這只是個模擬考，只是個實境模擬考……」
隨著距離逐漸縮短，藍鳶發現威廉增加了吞嚥口水的頻率。等距離再減一點，他再也無法利用轉移注意力至他人身上來逃避自身恐懼。恐懼，無須現實滋養也能茁壯；面對過往陰影，他內心的恐懼早超載。
他感到內心激動、腸胃翻絞錯位、離子濃度失調造成血管衝撞表皮。藍鳶忽然想不清自己怎麼會渾身濕透站在這裡？他應該出現在除此之外的任何地方。應該踏實的木板變成軟綿綿的海綿蛋糕，發軟的膝蓋、雙腿變成纜繩在風中搖擺。
「我在這裡。」
簡短的音節，使他潮濕的視野釐清了夜之黑暗與心之黑暗，勉力撐直脊柱。
「不好了！」蘇曼伽抱著維拉詩妮慌亂衝上船樓，淚珠在眼眶打轉，「姊姊不但沒有清醒，脈搏還越來越虛弱。」
她面色鐵青，像個無法換氧的溺水者。
「冷靜。」威廉身吸一口氣，「醫生呢？路易士怎麼看？」
「他很忙碌，但姊姊等不及了。」
「忙碌？」威廉皺眉。「忙什麼？」

「這不是病，」腦中莫名閃過靈感，「是……一種詛咒，一個文本。」

藍鳶用袖口擦去汗水，從維拉詩妮身上看見一座迷宮。

「啊，我怎會失察？」自責的蘇曼伽掌摑自己，「太超過了，竟然對不擅魔法的姊姊做這種過分的事。」她抽搐著抱緊姊姊。「這麼和藹的一個人，姊姊從沒讓人生氣過，怎麼會這樣……」

「扶她坐下，我……」藍鳶吞了吞口水，對這概念沒什麼把握，但也沒時間給他爬梳思緒了。「我好像知道怎麼解。」

他揚袖，從舞動的披風取出魯特琴，閉目迅速調音。他先快速彈奏簡單的各調音階，接著流暢走過幾輪琶音，然後重複撥奏幾種複音和紘，穩定的共振讓現場所有人的呼吸不知不覺變成同種頻率。

「白蛾鼓翅，星辰閃耀，我將莓果甩進溪流裡，釣起銀色小鱒魚。」

音符連接成一條鵝黃色的絲線，被微風悄悄帶入迷宮裡；金絲線纏繞她的指尖，一點一點引出迷途旅人。當維拉詩妮逐漸恢復紅潤，即將功成之際，另一個冒失鬼倉皇衝進船橋的指揮中心。

「慘啦！隊長，」路易士睇了眼藍鳶。嗯哼，這麼好心情還玩音樂。「我們好像幸運地遇到集體中毒。不清楚是吃的喝的哪裡不乾淨，我就說了吧，太多髒東西在船上。」

路易士生來有種『看好戲』的戲謔表情，就算是攸關自己生死的事件也非得用這種使人不悅的方式表達不可。

「該死，就不會挑時機嗎？」威廉咒罵。

此時維拉詩妮終於甦醒，乾啞的喉嚨使勁地想吐出些字句，蘇曼伽趕緊從腰間解開水袋。

「危險，危險！」維拉詩妮揮舞手臂，想引起注意，「他們偷走我身上與其他女孩的味道，仿製成無色毒氣藏匿島上！」

當其他人還沒完全領略警語的意涵，意外發生了。

與目光焦聚相反的背面，大量氣泡從水底下源源不絕湧升，劇烈爆炸的泡沫變成一座巨型噴泉。迅雷不及掩耳的，一艘破爛腐朽的沈船浮出海面。

「失策，是陷阱！」威廉恍然大悟。「我們早被發現了。」

指揮官還來不及臨場反應，浮起的沈船迅速散發出一股綜合了細菌汙染的蛋黃、糜爛藍乳酪與發酸魚肉的蛋白質惡臭，澈底瀰漫空氣裡。

新一輪的併發症——由第二波毒素與潛伏在體內的第一波毒素交互作用產生，令患者全身起疹紅斑、腹部痙攣、盜汗暈眩、空間錯亂、意識如同海邊沙堡迅速流失。

早成為標靶的蘇曼伽率先昏厥倒下，但更糟糕的還未結束，情節像連環圖快速翻動。

從破船甲板上翻出一群又一群的骷髏軍團，不怕死又爭先恐後地跳下海，軍艦轉眼已經被密密麻麻螞蟻軍團包圍。

游在水上的骷髏軍團不停揮舞兵器，卻沒展開登船作戰，似乎在等什麼指令。

銀輪缺了一角，月蝕，開始了。

忽然一陣轟天巨響，水面伸出八隻生長吸盤的巨大觸手橫掃肆虐，轉眼金羊毛號已經在大海怪嘴裡撕碎嚼爛。

骷髏們開合下巴骨，發出喀喀撞擊聲彷彿鼓掌叫好，然後一鼓作氣，擁簇攀爬登船。

中毒在先，皇家海軍被迫提前進入肉搏混戰，而失控的局勢令人無暇查覺船隊已經進入砲擊半徑。但海盜船們可清醒的很，指令一下，砲彈齊發，被擊中的倒楣鬼，管你是水手還是水兵，馬上四分五裂。

衝擊景象打垮藍鳶意志，他癱軟倒地，遲鈍麻痺的神經讓他漸漸聽不見周圍的哀嚎。

真令人無限扼腕的結局啊。就差一點了，可惜無力回天。他想，如果自己再多一點力量，他就可以更直截了當地雪恥報仇、可以保護在意的人不受傷害、可以避免這些無法回復損失、可以扭轉局面與現況……

只要多一點力量。

蝕月映入迷濛的瞳孔。他從未如此渴求改變的力量，如同沙漠中迷途的旅人渴望綠洲甘霖。

❋　❋　❋

地獄之門號，改良式加利恩帆船，壓低的前沿像鯨魚張口，吞噬一切。

此時，紅色森巴的旗艦上，聒噪宛若惡魔集會。

「串刑！串刑！」

海盜們分成兩方，支持皇家串燒的成員舉起木樁敲打地板，發出巨大噪音。另一方則用刀劍來回刮過鐵板，尖銳的嘶吼著：

「火刑！火刑！」

勝利唾手可得，樂趣只得轉移到酷刑的施行上。

血腥司令坐在黃金打造的王座上，他享受這決策過程。就像貓喜歡玩弄老鼠，但在玩弄之前，得先決定玩弄的方式。選擇本身也是種樂趣，等他獲得第一階段的滿足，他就會正式取得勝利。

「再大聲一點！」

他沒裝上鐵鉤的左手使勁抽打皮鞭。這隻皮鞭與那時奴隸主用來伺候他早晚三餐的皮鞭簡直一模一樣。

「串刑！串刑！」

「火刑！火刑！」

血腥司令哼氣吹鬍子，音量尚可接受。他比鐵線粗硬的黑鬍鬚爬滿臉，鬍子垂下的部分則幾乎擋住他身上的氣派「真皮」軍裝夾克。司令胸前琳瑯滿目的勳章閃閃發光，有膽來取締紅色軍團的各國海軍將領現在都晾在上頭。

近來打嗝時，從胃囊裡擠壓出來的空氣總有種熟悉的腐臭味，這讓司令回想起舊日上司。這不是什麼可以招喚愉悅的記憶。

解放之夜，皮鞭換了主人。「只工作不玩耍，聰明的孩子也變傻。」這是他抬頭直視主人的第一句話。

待他如牲畜的可恨奴隸主，血腥司令用同樣的方式回敬。不過司令比較仁慈，他讓奴隸主苟延殘喘，直到昔日主人表皮再次長滿為止。於是新任船長有了第一件時髦大衣。

他迅速抽打三下鞭子，全場屏息。

「串刑！」他的聲線比破雷聲雄沉，直接刻進意識裡。血腥司令另外拿來塊鐵板，隨手擠壓成燒紅火熱的鐵槍，「但用這燃燒的紅鐵。」

船員沸騰，摩拳擦掌準備搶下敵艦。

「老規矩，少條腿或胳膊之類的沒關係，但誰敢失手在遊戲開始前把敵人殺光，他媽的就一起下場玩遊戲！」

他看了眼月亮。隨著月蝕擴大，院長老頭在他身上所留的封印逐漸衰微。現在他渾身力量飽滿，有股難以言喻的暢快感。

勝利即將手到擒來，旗艦哈爾普號卻毫無徵兆的閃過一道紅光，璀璨直衝雲霄。

手下們雖然還摸不著頭緒，血腥司令則清楚感知風中，存有另一股強而有力的脈搏。

接著，憑空捲起數道旋風引發濤天巨浪，同時將哈爾普號與其他軍艦平穩高舉天上；骷髏傀儡與大海怪這堆害蟲則從樹冠上抖落乾淨，摔得粉身碎骨。

「哈哈哈，這才有趣嘛！」

船身劇烈搖晃，血腥司令反而狂妄咆嘯。他旺盛的魔力，與經年盤據的怒氣需要對象發洩。

天際傳來鷹鳴，一道身影乘著旋風降落，輕盈踩在船首像上。少年身著艷紅披風，但顯眼度還比不上他臉上的紅潤氣色，閃爍寶石光澤。

「默默無名的年輕巫師，報上名號讓我們這些粗俗野蠻人開開眼界吧。」

「荷……」少年睜開墨水凝成的深邃瞳孔，「我名，藍鳶。」

「很好，很好。」血腥司令打量來人，看似弱不禁風，「聽好，你們之中，誰可以割下這隻黃毛猴子的頭皮，我就賞個隊長的位置給他！」

海賊們一陣輕蔑訕笑。

眼見少年的沉著毫不因他的挑釁而動搖，血腥司令氣急敗壞揮舞皮鞭。

「上啊，一群蠢驢！」

一聲令下，刀槍劍棍矢砲通通朝藍鳶蜂擁而去。

只見藍鳶單手平舉，細微吁氣，四周頓時颳起強烈風暴。堅如磐石的風牆橫掃過後，厚實的船桅與笨重的鐵砲等等皆被俐落拔起，拋丟海上，更別提閒雜人等了。

「非常優秀！」血腥司令大力拍打黃金扶手做為鼓掌，「原來我搞丟的小墜子，跑到你身上去了。好人做到底，就分享一下你是透過什麼鬼方法，搞出內中的秘寶吧？」

「恐怕我得表示遺憾：它不屬於你，」藍鳶掐住胸口，「而你已經略奪太多不屬於你的事物，百浪。」

「呸，別學老妖婆說話。」他啐了口濃痰，「大義凜然的口氣，聽了就噁心。」

「你不該讓仇恨矇蔽心智。」

「剛剛好，對我而言，仇恨就是真實，就是唯一。我正在散播真理的路上，你擋到我啦。」

「你建立的廢墟中，空無一物。」藍鳶其實不甚篤定，當這句話說出口時，到底有多少屬於真誠，「解散武裝，誠心懺悔與贖罪吧。」

「哦？但我不同意。」

「是這樣嗎……」藍鳶嘆息，「為什麼，事情總無法和平圓滿的落幕呢？」

不，對於司令毫無意外的回絕，他其實高興的很；他根本不想要什麼和平落幕。意外獲得無匹魔力——淹沒在時光洪流中的秘寶，藍鳶當然躍躍欲試，迫不及待想測試威力。

「省下場面話吧。」血腥司令敲響指節，東倒西歪的火炬與油燈再度點亮，「看看這漂亮的眼神，表面上平靜無波，底下那熊熊燃燒的是什麼？你絕不是受害者聯誼會請來的刺客，是哪個廢墟的餘孽呀讓我想想，唉呀呀，被我從地圖上抹掉的地名太多啦。」

血腥司令陰險冷笑，窺探的目光竄出無數隱形觸手，逼的藍鳶本能轉頭。他終於拆穿少年淺薄無比的武裝。

「何必害羞呢？是哪裡帶給你那人人稱羨的膚色，有這麼難以啟齒嗎？勇敢點，過去誰拿我外觀開玩笑的，我都讓他們變成一攤紅色，純粹的紅色，你敢發誓，當你躲在棉被中哭泣時腦中沒有過類似想法？我們都一樣吶，只是我早點擁有力量罷了。」

發現對方緊握雙拳咬著下唇，想必是命中紅心了。於是血腥司令的演講越說越順口。

「我想起來啦，南隆灣，充滿銅臭的商業之城，令人作嘔的味道，」他亮出代替右臂的鐵鉤，海賊頭子的標準裝備，「我聽說南隆灣藏著一種可以操控海洋的珍寶……」

「惹火我對你沒有好處。」

「好處？」血腥司令仰天大笑。「笨蛋，你不懂嗎？讓你痛苦就是我的好處啊！超爽的你知不知道？」

他勃然色變，眼下的小斑，脹紅的像粒血珠就要滾落。

「把『大夏垂曜』還來！」

「別急，先聽完老船長的冒險故事，」血腥司令搖搖鐵鉤，「好不容易等到南隆灣另一個老巫婆死了，啊，世上怎麼有如此多老妖婆。沒想到老妖婆這麼狠毒，寶珠給蠢驢們拿來拿去都沒事，一到我手上就自動自發炸得粉碎，簡直是恐怖武器。早知如此，真該殺得更乾淨徹底，現在就不會看到另一隻黃猴子搶走我寶貝啦！」

「閉嘴！」

藍鳶忍耐達到底線。他腦海中充斥著無數最深奧的咒語，精湛的力量竄流全身，再沒必要容忍他人冷嘲熱諷，更沒必要壓抑報仇的衝動。

復仇，他要復仇。藍鳶雙手齊揚，準備詠唱最惡毒的咒文：瞬間蒸散敵人體內水分的咒語、眨眼將對方關進佩里羅斯之銅牛的魔法、變成鹽柱與石像的詛咒、將對方四分五裂卻保持意識好慢慢折磨的巫術……等等可怖禁術，即使毀滅天使惡魔、日月星辰也無所謂。

「哼哼，沒想到普羅米修斯哀詩的力量竟然這麼浩瀚，我偏要腐敗它！」

抓準時間點，血腥司令霍然站起，所有對立本體的影子也同時豎立。實體化的陰影從所有維度包抄藍鳶，交織一個黑繭將他束縛。接著由眼眸併射的仇恨化為陰影掐住眼球、由舌尖吐出的仇恨化為陰影掐住喉頭、在音波中震盪的仇恨陰影堵塞耳蝸、最後心中的陰影捏住心口。

過往的陰影全部回籠。故意從階梯上背後推一把的面孔、裝做不小心打破他喜歡的玻璃杯的表情、消磨無聊時間而聯合動手的人們、相遇時刻意保持的沉默、理所當然的替罪羊、永遠被重複提起的尷尬處境……他喘不過氣，在黑暗中痛苦溺水。

曾經小心隱藏的憎恨之圓心，瞬間裂解成一張張叫得出姓名的臉孔。原來，他從未忘記，從未原諒。

「我搞不懂你哇，我們都是相同的人，到底有什麼好猶豫，歡迎加入報復的行列，享受以牙還牙的快感。」

「不……」

黑暗魔頭不斷用語言催化少年的火苗，期盼燒出更多燼土。

只在基底幽微合音的復仇變奏曲，音量驟然增強，飽滿亢奮的情緒就要取代美善的主旋律。

「命運就是這樣折磨你，你當然他媽的可以去玩死其他人！沒有什麼好愧疚的！你見過誰替你著想了？復仇是本能，報仇不用法律與正義的許可。報仇跟呼吸一樣重要，你也可以像我一樣輕鬆自在扭斷污辱我的人的喉嚨。」司令用大鐵鉤揮向自己，「不用對什麼鬼東西負責，都是別人害你變成這副醜陋模樣，對！就是我給你了這張大殺特殺的遊樂門票，出問題找我就對啦！讓我們一起殺盡天下吧！」

眼看時間成熟，藍鳶即將滅頂之刻，血腥司令把鐵鉤的陰影揮向目標，打算把黑暗的火苗傳遞給下一片森林。血腥司令當然知道，假如成功點起藍鳶的復仇狂熱，必殺名單的第一個名字就是自己。但無所謂，真的無所謂，他喜歡火，就算自身葬身火窟也無所謂。怕火燒到自己的人不是真的愛火，而他是火海中的巫者、舞者。就在血腥司令燃燒的靈魂即將轉移藍鳶之際，從藍鳶披風的花紋中忽然綻出一朵鵝黃色的薔薇與一段荊棘，暫時阻絕血腥司令的暗黑嫁接攻勢。

「死老太婆們，果然有後手。」

血腥司令徒手扯掉海上花，就要再次伸出友誼之手。但短暫的空檔，竟讓溺水中的藍鳶隨手抓住風中緩緩飄來幾根稻草。那是逸散的蘇摩酒分子，靈巧繞過黑暗物質滑入鼻子裡。

他腦海浮出蘇曼伽的身影，是她感受到他思緒強烈波動，豁盡餘力，將新熟成的蘇摩酒灑於風中。

稀薄的蘇摩酒分子羽化出稀薄的七彩泡沫；須臾微光中，藍鳶意識再次閃過水道橋場景。光景傾刻崩解，剩餘的肥皂水濃縮成雲狀玉簪、西湖色與梅楂糖、一抹似是預見未來而哀憐的微笑、最終留下耳邊的一句話語迴響。

有溫暖的感覺。

「不一樣。」

再次睜眼，他多了種柔和的堅毅。

「為什麼最近我遇到的每個人都喜歡對我長篇大論呢？一句話，我不喜歡自己變成像你這樣的人。」

初心的溫度終於對到了上古遺跡的頻率，藍鳶釋放銀墜更多層次的力量。強大的風壓硬生生把血腥司令鑲回椅子上，動彈不得。

「哦？終於想好殺死我的方法了嗎？」血腥司令尋釁。

「毀滅不是我的天賦，但如果這條航線繼續，終究你會毀滅自己。」他聲音平穩，宛若神諭。

「哼。」幾番試圖掙脫都徒勞無功後，海盜頭子忍不住破口大罵，「死人骨頭，你看戲也看夠久了，動手啊懷疑嗎？」

訊息接收者卻早已悄悄溜走。傀儡師切斷連線，骷髏鬼船與骷髏大軍此時僅是一堆朽木與死魚骨頭。

「啐！沒用的叛徒。」

「投降，悔悟，停止這場惡夢，好嗎？」藍鳶雙掌合十，彷彿懇求施捨，「你有想過，你現在看起來是什麼樣子嗎？」

「傻猴子，你以為我是誰？當然是勝利者的樣子。醜陋又不會死，因為死的人是你！」血腥司令發出嗤嗤笑聲，「月全蝕才剛開始呢！」

全蝕時分，紅月降臨。古銅色的瑰麗紅光覆蓋天地，海洋也渲染成一片血紅，像塊草莓果凍。

「這才是真正的血腥司令！」

血腥司令騰飛空中，大海隨之沸騰。滿月熾光穿透紅水直達海床，浮出駭人的地獄燃燒圖像，水面則成為介質分隔兩界，並且緩緩浮出大門的型態，而地獄之門號就位於地獄之門的鑰匙孔上。

波浪凝固，變成厚重大門上的奇異紋路與文字，文字自我覆誦，發出囈語般的低喃，使人不禁哆嗦。另一邊，魔鬼尖銳的喧囂與鼓翼聲滲過門縫，更叫人聞之顫慄。

「回歸虛無，通通殉葬吧！」司令高昂囂狂朗讀神祕難解的咒語，不時透露瀆神的字句，共同交織一場還沒睡著就已經深陷的夢魘。鑰匙轉動，最後，分散的三部曲逐漸收攏，用不和諧和絃唱出「來者呀，快將一切希望放下！」

門扉微啟，瞬間湧出無限無窮的紅色枯手，瘋狂抓向雲端上的船隊，非扯進熔岩血河中不甘休，連海上其他紅色森巴的船隊也不分青紅皂白地拉進深淵裡。

一隻手抓住一隻手，立刻就要吞噬雲端上的朋友們。

見情勢危急，藍鳶以自身為風眼，颳起大規模的旋風吸納、牽制紅色狂潮。雙方角力扭曲空間，強大的向心力將彼此吞噬在紅色漩渦裡。

「放肆！任何人都不能小覷我！」

完全解放的力量，促使血腥司令失控，進入瘋癲之境。

藍鳶在這，藍鳶在那。舉目所見，都是瞧不起他的眼神，風的咆嘯在他耳裡都成為無盡的冷語嘲諷。血腥司令瘋狂抽鞭，漫無目標對著四面八方卯足全力攻擊。抽出去的千萬發長鞭，受到風壁反彈，雷霆之力紛紛擊回血腥司令。暴怒的司令加倍輸出，然而憤怒使他更加盲目，不停的揮空只換得更刻骨的傷痕，數次循環過後，一代強人竟緩緩呈現力拙氣衰的疲態。

終於，鞭子停下。藍鳶倏然閃現司令背後，伸手捉住爆走的長鞭。

「什麼動物早上四隻腳，中午兩隻腳，傍晚三隻腳？」

「笨蛋都知道答案，人啊！」血腥司令氣喘吁吁說道，「因為時間，老掉牙的謎語，咬不到我啦笨獅子。」

「是了，一切的關鍵是時間。」藍鳶帶著垂憫微笑，雙手再次合十，把躲在記憶深處的那句話，用弱拍溫柔唱出，「當太陽停滯而星辰逗留，我們必須給時間予時間。」

藍鳶的聲音，輕盈的彷彿點頭招呼。

咆嘯嘶吼的紅潮逐漸平息，繞了幾圈減速後，眨眼變成盛開的罌粟花瓣。迷惘與幻境取代暴怒；過去、現在與未來，在每朵罌粟花中綻放又湮滅，重複生滅聚散。向海而生的兩個男孩，對面無語，卻在彼此身上認出了相似的軌跡；終於，百浪在層層花海中照見一片旅人蕉，縱身一躍，消逝於時間洪流。

深淵大門緩緩關閉，深淵之眼不停凝望外界，想找尋下個合夥人，直到縫隙完全闔上。

釀奇幻12　PG1888

東方魔法航路指南

作　　者	豎旗海豹
責任編輯	洪仕翰
圖文排版	周妤靜
封面設計	葉力安
出版策劃	釀出版
製作發行	秀威資訊科技股份有限公司 114 台北市內湖區瑞光路76巷65號1樓 電話：+886-2-2796-3638　傳真：+886-2-2796-1377 服務信箱：service@showwe.com.tw http://www.showwe.com.tw
郵政劃撥	19563868　戶名：秀威資訊科技股份有限公司
展售門市	國家書店【松江門市】 104 台北市中山區松江路209號1樓 電話：+886-2-2518-0207　傳真：+886-2-2518-0778
網路訂購	秀威網路書店：http://store.showwe.tw 國家網路書店：http://www.govbooks.com.tw
法律顧問	毛國樑　律師
總 經 銷	聯合發行股份有限公司 231新北市新店區寶橋路235巷6弄6號4F 電話：+886-2-2917-8022　傳真：+886-2-2915-6275
出版日期	2017年12月　BOD一版
定　　價	300元

國家圖書館出版品預行編目

東方魔法航路指南 / 豎旗海豹作. -- 一版. -- 臺
北市 : 釀出版, 2017.12
面 ;　公分. -- (釀奇幻 ; 12)
BOD版
ISBN 978-986-445-232-3(平裝)

857.7　　　　106020920

讀者回函卡

感謝您購買本書，為提升服務品質，請填妥以下資料，將讀者回函卡直接寄回或傳真本公司，收到您的寶貴意見後，我們會收藏記錄及檢討，謝謝！

如您需要了解本公司最新出版書目、購書優惠或企劃活動，歡迎您上網查詢或下載相關資料：http:// www.showwe.com.tw

您購買的書名：＿＿＿＿＿＿＿＿＿＿＿＿＿＿＿＿＿＿＿＿

出生日期：＿＿＿＿年＿＿＿＿月＿＿＿＿日

學歷：□高中（含）以下　□大專　□研究所（含）以上

職業：□製造業　□金融業　□資訊業　□軍警　□傳播業　□自由業

□服務業　□公務員　□教職　□學生　□家管　□其它＿＿＿

購書地點：□網路書店　□實體書店　□書展　□郵購　□贈閱　□其他

您從何得知本書的消息？

□網路書店　□實體書店　□網路搜尋　□電子報　□書訊　□雜誌

□傳播媒體　□親友推薦　□網站推薦　□部落格　□其他＿＿＿＿

您對本書的評價：（請填代號　1.非常滿意　2.滿意　3.尚可　4.再改進）

封面設計＿＿　版面編排＿＿　內容＿＿　文／譯筆＿＿　價格＿＿

讀完書後您覺得：

□很有收穫　□有收穫　□收穫不多　□沒收穫

對我們的建議：＿＿＿＿＿＿＿＿＿＿＿＿＿＿＿＿＿＿＿＿

＿＿＿＿＿＿＿＿＿＿＿＿＿＿＿＿＿＿＿＿＿＿＿＿＿＿

＿＿＿＿＿＿＿＿＿＿＿＿＿＿＿＿＿＿＿＿＿＿＿＿＿＿

＿＿＿＿＿＿＿＿＿＿＿＿＿＿＿＿＿＿＿＿＿＿＿＿＿＿

請貼
郵票

11466
台北市內湖區瑞光路 76 巷 65 號 1 樓
秀威資訊科技股份有限公司 收
BOD 數位出版事業部

(請沿線對折寄回，謝謝！)

姓　　名：＿＿＿＿＿＿＿＿　年齡：＿＿＿＿　性別：□女　□男

郵遞區號：□□□□□

地　　址：＿＿＿＿＿＿＿＿＿＿＿＿＿＿＿＿＿＿＿＿＿

聯絡電話：(日)＿＿＿＿＿＿＿＿＿＿(夜)＿＿＿＿＿＿＿＿＿＿

E-mail：＿＿＿＿＿＿＿＿＿＿＿＿＿＿＿＿＿＿＿＿＿